街角聖女
はじめました
Machikado Seijo Hajimemashita
たろんぱす Illust 夏葉じゅん

Contents

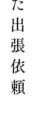

一章 ✧ クビになったその日に受けた出張依頼

その日もソニアはだだっ広い私室で、日の出と共に目を覚ました。

寝巻きをベッドへ脱ぎ捨てて、同じ制服が何着も並ぶクローゼットから一着取って袖を通す。鏡台の前に座り、色素の薄い金髪を梳《くしけず》った。赤茶の瞳《ひとみ》が無表情にこちらを見返しているのに気づき、口の端を引き上げる。

「今日も頑張《がんば》るっス」

口に出す事で、よし！　とやる気が湧いてくる。

ソニアが住むここエーリズ王国は治癒《ちゆ》魔法を使える女性の出生率が高い国であった。少しでも治癒魔法が使えれば〝聖女〟と呼ばれ、国が運営する治療院に保護されるのだ。

聖女は平民や孤児出身でもきちんとした教育を施される。そうして治療院采配の下《もと》、国中の診療所へと配属される。特に優秀な者は宮廷聖女として王宮に住み、貴族や王族の治療を担当し、時に見染められて嫁入りする事もあった。

そんな宮廷聖女の今の筆頭はソニアであった。

幼い頃《ころ》に治癒魔法の才能が開花したソニアは、教育を受け、孤児でありながら弱冠十二歳で宮廷聖女に選ばれた実力を持つ。その治癒力は他の追随を許さず、前任だった年嵩《としかさ》の筆頭聖女の推薦を受けて、十五歳の時に次期筆頭聖女へと選ばれた。

程なくしてノック音がし、一拍置いてメイドがゾロゾロ入室して来た。ひとりが鏡台に湯桶《ゆおけ》とタオルを置き、残りのメイドがテーブルに朝食を並べ、洗濯物を回収する。

「毎日どうも」

一応声をかけるが、メイド達は一言も喋《しゃべ》らずに頭だけ下げて出て行った。

ソニアは華々しい大出世をし、更に驕《おご》らず真面目《まじめ》に日々勤めてきた。それにも拘《かかわ》らず周りの評価はイマイチだ。

理由の大半は出身が孤児だという事。王宮に仕えるメイドの殆《ほとん》どが貴族出身であり、孤児を差別的に見る人が少なくない。一応筆頭聖女という地位のある身分なので嫌がらせをされたりとかはないが、王宮でソニアが親しく話す人は一人もいなかった。

ソニアは朝食の並んだテーブルにつき、手を合わせた。

「いっただっきまーす！」

腹が減ってはなんとやら。兎《と》にも角《かく》にも一日の活力を補う事が第一だ。紅茶に口を付けてから、パンの入った籠を引き寄せる。

「今日はクロワッサンか～！」

大きく口を開けてサックリ歯を差し込む。瞬間に鼻からふわ～とバターの香りが抜ける。

「ふ、ふまぁ～」

パンが好きなソニアは食事の時間を毎日楽しみにしていた。王宮なんて面白味《おもしろみ》の無い場所での唯一の楽しみと言ってもいい。

うっとりともぐもぐしていると、唐突に扉が開かれた。

「宮廷筆頭聖女ソニア！　只今《ただいま》をもって実力詐称により宮廷から追放する！」

「も、もぐ⁉（な、なに⁉）」

聖女寮の筆頭聖女室へと騎士が雪崩《なだ》れ込んでくる。そのうちの二人がソニアに手を伸ばしてきた。ソニアは咄嗟《とっさ》にもう一つクロワッサンを鷲掴《わしづか》んだ。

騎士の手に両腕を捕まえられ立たせられる。

「ちょ、もぐもぐごっくん。どーいう事ですか⁉」

「どうもこうもない。貴様が聖女フィリス様の手柄を横取りし、筆頭聖女に居座っているカラクリはもう暴かれている。お前のような聖女はもう必要ない！　即刻立ち去れ！」

「へえ⁉　フィリス⁉」

早朝からの騎士の突撃で、全く思考がついていけない。

「慈悲深い陛下により、宮廷聖女解任だけで済んだ事を感謝しろ！」

そのまま騎士に両脇を持ち上げられ、足が浮いたまま連行される。そして流れるように裏門から王宮の外に放り出される。

「二度と王宮に足を踏み入れる事は許さない」

ガシャーン！　と目の前で裏門が閉められた。

「マジか……」

筆頭聖女に選ばれてから三年間、自分なりに頑張ってきたつもりだったのだが。

「しっかし、フィリスかー。あいつ、やったな」

とりあえずソニアは食べかけの方のクロワッサンを齧《かじ》った。こんな扱いだが、筆頭聖女に施される食事は大層うまいのだ。

サクッ、モチッからのバターが鼻からフワ～を楽しむ。

フィリスは三人いる次席のひとりだった。次席達の中でも高位貴族出身でとりわけ容姿がいい。ふわふわのハニーブロンドと青い瞳、ナイスバディの持ち主だ。

対してソニアは案山子《かかし》を思わせる藁《わら》色の直毛にチャーミングなそばかす。鼻は低めのまな板持ちである。

筆頭なのに華がなく、聖女に施される貴族マナーの教育もなかなか身に付かない。フィリスからは度々「筆頭を譲りなさい」と言われていた。

ソニアが予想するに、実家である侯爵家の権力を使ってどうにかしたのだろう。

指についたパンカスをぺろりと舐《な》めて、ソニアは自身を見下ろした。既に勤務服である宮廷聖女の制服に着替えていた。白いシスター服に似たデザインで、階級を表す腕章を付けている。本来なら帽《キャ》子《ップ》もあるのだが、そちらは朝食中につき被《かぶ》っていなかった。本当に着の身着のままである。

一度、城を見上げる。

そこにいるであろう患者をほっぽり出すのは申し訳ないし、残った聖女に頼むのも気が引ける。

「ジジィ……もう寿命の時が来たんだよ。成仏しろよ」

小さな声で呟《つぶや》いてからソニアは空いた手で腕章を外して裏門前に捨てて歩き出した。

「クビになっちまったし、しゃーないか。あー、なんか仕事はしないとご飯食べられないなー」

ソニアはもう一つのクロワッサンに齧り付いた。

「あーうまーい」

二度と食べられないだろうとゆっくり味わった。


ソニアはそのまま真っ直ぐにメインストリートへ向かった。王都は孤児院訪問や治療院巡回などで、時々重病者が出ていないか見回っていたので、迷わず歩ける。

ストリート沿いの大きいオープンカフェの近くでは用具を準備した靴磨きが何人も待ち構えている。

火遊びした後カフェで朝食を摂り、そのまま宮廷に出仕する男爵様や、取引先から取引先へと忙しい商人を相手に靴を磨くのだ。

カフェで要らない木箱を貰《もら》い、腰痛持ちの靴磨きから治療と交換で靴墨を分けてもらって木箱に書いた。

『簡易治療所。一回千ガル』

王都に住む平民の平均収入は二十五万ガル。

宮廷聖女の治療はどんなに安くても一回十万ガル、治療院でも聖女の治療は一万ガルからと思えば格安激安である。

ソニアは靴磨きの横に並び、木箱の横に立った。

「聖女さん、治療院には行かなくていいのかい？」

「やー、クビになっちゃったんスよ」

「へーそうなのかい。腰痛がスッと治っちまったんで、腕は悪くないと思うんだがなぁ」

「そうっしょ？　へへ～」

ソニアが鼻の下を人差し指で擦《こす》るのを見て、元腰痛持ちの靴磨きは「わかったぞ」と言った。

「さては言葉使いが悪いからだな。聖女さん達はみんなお綺麗《きれい》な喋り方だもんなぁ」

「あ～、はは、それはあるかもっス～」

おっちゃんと雑談していると、靴磨き台に足が勢いよく乗せられた。お客さんが来たので会話をやめる。

靴磨きのおっちゃんは「磨きますね」と声をかけて布を当てはじめた。

深みのある茶色の革靴に、ストライプの織模様が入ったグレーのスーツ姿の男は、マッチでタバコに火を点けた。葉巻ではなく紙巻で、安く手軽に吸えると最近平民に流行《はや》っているものだ。

男は煙を深く吸うとコホッと小さく咳《せき》をした。すかさずソニアは声をかける。

「喉の調子が悪いなら治療はいかがっスか？　安いよ～」

男はチラリと見てから鼻で笑った。

「はっ、フリーの聖女なんざたかが知れてる。大人しく物乞いと言え。まあいい。やってみろ」

「はーい。あざまーす」

ソニアが手をかざして魔法を使うと、一瞬ピカッと男の喉元が光った。男は目を丸くして首を触った。

「……へえ、悪くない。ほらよ」

「まいど〜」

意外にも男はチップを弾んで倍払ってくれた。密かに喉の調子に気を揉《も》んでいたのかもしれない。

食事は屋台で一食五百ガル、宿は一泊五千ガルくらいが相場だったはず。追々着替えや風呂代を考えると、一日で七千〜八千ガルくらい稼いでおきたい。

目標の四分の一が一気に稼げてソニアは「くっくっくっ」とニヤけた。

その次は困り顔で慌てている女性がソニアに気がつき猛然と走ってきた。黒の修道服にシスターベールを被ったシスターだ。

「あの、あの、本当にこんなにお安くてよろしいのですか⁉」

という第一声にソニアは気圧《けお》されて頷《うなず》く。

近くで見ると、スカートにほつれや継《つ》ぎ接《は》ぎがある。黒だから目立たないが、結構ぼろで大事に着ているのがわかる。

「神父様がぎっくり腰になってしまってっ！　人手が無くて運べないんです。出来たら一緒に来て下さらないでしょうか？」

「あぁ、いっスよ」

靴磨きのおっちゃんに声をかけると、手が空いてたら不在対応してくれるらしく、ありがたく営業場所から離れる。

「こちらです」

急ぎ足で向かうシスターの後ろを三分ほど付いて行くと、一本路地裏に入った所に、教会があった。

所々塗装が剥《は》げていて年季を感じる。シスターの服といい、あまり寄付が集められていないのだろう。

「どうぞ」

中へ入ると正面には祈る乙女像が祀られている。

何でも初めて神の声を聞いた原初の少女だとされているが、詳しい事は興味が無いので知らない。

その少女像の足元で、中腰のまま不自然に固まって動かない中年男性がいた。黒いキャソックを着ているので件《くだん》の神父だろう。立ち上がったアライグマみたいなポーズだ。

「神父様！　お待たせ致しました！」

「おお、シスターサラ。早かったですね」

男性は振り返ろうとするも「いっっ‼」と声を上げて再び固まった。

「聖女様、お願いします！」

「はーい」

ソニアは真後ろに立って神父の腰に手を当てる。

「えっ、お医者様ではなく聖女様ですか⁉　いけませんシスターサラ！　我が教会にそのようなお金は」

「はーい、治ったっスー」

「そんな!!」

神父は顔色を青く変え、滑らかな動きで膝をついた。ちゃんと治ったようだ。その横でシスターが千ガルを差し出した。

「聖女様、ありがとうございました。それで、その、本当の本当に千ガルでよろしいんですよね？」

「あ、どーも！　まいど～」

あんまりにも貧しそうだから請求するのは気が引けるな～、と思っていたが、きちんと出してくれたのでさっさと受け取ってソニアは背を向けた。その後ろでは「千!?　そんなに安いなんて！」「神父様、日々の祈りのおかげですね」「感謝の祈りを捧《ささ》げましょう」と盛り上がっている。

(元々シスターと聖女は同じで、治癒魔法が出来るかどうかで分類化されたなんて言うけど。信仰心とか全然違うわぁ～)

ソニアは苦笑して教会を出た。

小走りで元の場所へ戻ると、靴磨きのおっちゃんが木箱に座る子供を指差した。どうやらお客さんを待たせてくれていたらしい。

ソニアは子供の前にしゃがんで顔を覗《のぞ》き込む。男の子は泣いていたのか、目元が赤くなっていた。

「待たせたっス！　どした？」

「遊んでて転んじゃって、痛くて歩けないんだ。お姉ちゃん治せる？」

「おー、どれどれ」

半ズボンから出た膝に擦り傷、それと足首を捻《ひね》ってしまっているようで、腫《は》れ始めている。転んだ時に手を突いたようで、掌《てのひら》に擦り傷もあった。それぞれに手をかざし魔力を流すと、患部が淡く光り見る間に傷は無くなった。

男の子は木箱から跳《は》ね降り、その場でくるりと回った。

「うわぁ！　すごい‼　全然痛くないや！　お姉ちゃんありがとう！」

男の子の弾《はじ》ける笑顔に、ソニアもにかっと笑い返す。

「どーいたしまして。千ガルだよ」

「あ……」

男の子がポケットを探ると、申し訳なさそうにコインを三枚差し出した。

「ごめんなさい。今これしか……」

しょぼんと三百ガルを差し出してくる。ソニアは苦笑してコインを一枚貰った。

「しゃーない。これでいーよ。代わりにお客さん誰か連れて来てよ」

「う、うん！　任せて！」

男の子は胸を叩《たた》くと元気に駆けて行った。

「前みろ！　また転ぶなよー！」

手を振り、すぐに見えなくなってソニアは苦笑した。

「やれやれ」

それから少しして、男の子は本当にお客さんを連れて来た。お友達とそのお母さんだ。お母さんの方が風邪《かぜ》で熱があるのか、ふらつきながら手を引かれて来た。

「おばさん！　こっちこっち！」

「本当にママすぐ治る？」

「治る治る！　オレの足の怪我もきれいに治ったんだ！　おばさんだってすぐに良くなるよ！」

子供に両手を引かれながら、女性は朦朧《もうろう》としたまま真っ赤な顔で息切れしていて、今にも倒れてしまいそうだ。寝巻きに上着を羽織った格好だが、上着は子供達が一生懸命に着せたのだろう。生地が突っ張ったりヨレたりしている。

「大丈夫っスか？　チビ達、お母さんここに座らせて」

「「うん」」

男の子の友達は心配で今にも泣き出しそうだ。必死にお母さんに手を貸して、座らせる。

木箱に座った女性の前にソニアも屈《かが》み、その両手を取り魔力を流す。ふわっと女性の全身が光ると、女性は瞬《また》いてキョロキョロした。

「どうっスか？」

女性はハッとして何度も頷く。

「だ、大丈夫です！　良くなりました！　え、すごい!!」

シャキッとした女性は「お代をとってきます」と子供達を連れて慌てて家へと帰って行った。

きちんとワンピースに着替えて戻って来た女性は、子供ではなく、若い男性をひとり連れて来た。

髪は清潔に刈り込まれていて、身なりも小綺麗だ。まだ少年の面影が残る顔が険しい。

「これ、お代です。本当にありがとうございました。それと彼は隣の部屋の息子さんなんですが……」

「本当に治してくれるのか？」

青年は左手に包帯を巻いていたが、血が滲《にじ》んでいるのか、包帯はほんのり赤く色づいていた。

「それどしたんスか？」

「オレ料理人見習いなんだけど、うっかり切っちまって……。店持つのが夢なのに、こんなっ！　周りに置いてかれちまう」

包帯を外すと、親指の関節部分の肉がごっそり削《そ》げていた。血は止まっておらず、見えているだろう骨まで赤い。

「うっわ痛い！　見てるだけで痛い！　早く治そう」

ソニアが男の左手を掴《つか》んで魔力を流す。患部が明るく光り、傷は瞬く間に治った。

「うわ！　な、治った！　本当に……。お姉さんありがとう！」

青年は少し涙ぐんでから、ソニアの手に代金を載せ、そのまま勢いでソニアの手を両手で握りしめた。上下に振って感謝を伝える。

「どーいたしまして！　次は気をつけるっスよ！」

ソニアは段々楽しくなってきた。笑顔のお礼もすぐさま報酬を貰えるところも達成感があっていい。いいじゃん街角。最高じゃん。

治療の様子を見ていた人達が安いけど腕は悪くないぞと、その後ちょこちょこお客さんとしてやって来てくれた。

お昼を回る頃には目標達成である。

「いえーい！　やったー！」

「お嬢ちゃんは休憩するのかい？」

ソニアがひと息ついたのを見て、靴磨きのおっちゃんが声をかけてくる。

「するー。お腹《なか》空いたっス。それにしてもみんな治療院に行かないんスかねぇ？　あたしが言うのもなんだけど、路端で治療してる聖女なんて怪しくない？」

最初のお客さんのようにもっと胡散臭《うさんくさ》そうな顔で見られると思っていたが、平民達の受け入れるスピードが早い。

「あっはっは、本物をよく知らねぇからすぐ信じたってのはあるかもなぁ！　聖女の治療なんてのは本来平均以下の稼ぎにゃちと高ぇのよ。俺もだが、今日来たヤツらの殆どはそうそう行けねぇ。そうさな、何週間も治らねぇとか命に関わる、ぐらいにならんとな。なんだ、聖女様なのに相場やらその辺の事情やら知らんのか？」

おっちゃんが仕事道具を仕舞いながら教えてくれる。

「そーなんスねー。やー知らなかったっス。お会計は聖女の仕事にないんスよ～。あ、おっちゃんは今日はお終《しま》い？」

「うんにゃ、次は夕方だ。仕事を終えた紳士がイイヒトのところへ向かうのを捕まえて磨くのよ」

「なるほどね〜。今日はありがと、助かったッス。夕方にはあたしが店仕舞いだから、バイバイッス〜」

「おう、じゃあな〜」


靴磨きのおっちゃんと別れ、キョロキョロして屋台を物色する。牛の串焼き、羊のスープ、ロングドーナツ、腸詰とザワークラウト、カットフルーツ。空腹で次々と目移りしてしまう。「むむっ」と悩みながら視線をスライドしていき、若葉色と白のストライプの店構えが爽やかな、フラットブレッドサンドの店が目についた。

「決めた」

小走りに行ってパパッと購入して、戻ってくる。

予算より少々高めの七百ガルだった。ついでに隣の屋台の飲み物が美味《おい》しそうで購入してしまったが、午後もしっかり働けば問題なし。

大口を開けてかぶりつくと、チーズとハムの塩味、それとシャキシャキした新鮮な葉野菜の歯応《はごた》えが嬉《うれ》しい。畑のない王都で新鮮野菜はなかなかお高い。それを思えばむしろ七百ガルはお得だ。

果実水も少し酸っぱいのが美味しい。何かの柑橘《かんきつ》と何かのベリーの風味だ。詳しく何かはわからないが美味しいので問題はない。

「ちょーうまーい。ソースも合う〜」

看板代わりの木箱に腰掛けて、ストリートを眺めながら青空の下で食べるランチは最高だった。お昼時の香ばしい匂いが時折風に乗ってやって来る。オープンカフェからは笑い声が聞こえて来て、ストリートの賑《にぎ》やかさが目に楽しい。

宮廷聖女になった十二歳からずっと忙しかった。こんなにのんびりした時間は既に薄れて思い出せない。

「クビんなって良かったかも……」

ゆっくり咀嚼《そしゃく》していると、目の前をやたら立派な四頭立ての馬車がガラガラと通って行く。飾り気は無くシンプルな辻《つじ》馬車のような作りだが、ダークブラウンの重厚な艶《つや》が美しい。だが何故《なぜ》か御者が騎士だった。艶消しした鈍《にび》色の鎧《よろい》を身につけている彼以外、騎馬の護衛もいない。

さらに後ろの荷台にはそぐわない木箱がぎっちり積まれていた。普通の貴族だと手伝いのフットマンが乗ってて、荷物が多い場合はもう一台馬車を用意する人が大半の中、珍しいなぁとソニアは見送った。

完全に馬車が通りすぎ、その後ろをなんとなく見続けていたら、扉が勢いよく開いた。駐車場がない為、馬車は止まる事なく進んでいるが、そのスピードは幾分ゆっくりになっている。

そして開いた扉から男がひとり、飛び降りた。

「えっ!?」

近くの通行人もぎょっとしている。何が起きるんだろう、と見ていたら男はソニアを見て大股で近づいてきた。振り返るがソニアの背後には誰もおらず、顔を前へ戻すとバッチリ目が合った。

「えぇ……？」

眩《まぼゆ》い銀髪の男だった。白い房飾りが付いた黒銀色の詰襟は、着る人を選ぶタイトなデザインだ。織り込まれた銀糸が陽《ひ》の光を受けてキラキラと光り、普通なら顔の印象がぼやけそうだが、そんな事はなく男は普段着のようにさらりと着こなしている。

間近に迫ると紫の瞳は驚く程に美しかった。

眼前に立つ男はチラリと木箱を見たので、ソニアは慌てて口の中を飲み込んで空にした。

「えと、お客さんスか？」

そう問うと、あろう事か男は片膝をつき、掌を胸に当てて挨拶した。

「クラウディオと申します。聖女様でお間違いないでしょうか？」

挨拶が丁寧すぎてソニアはぎょっとした。

筆頭聖女といえど宮廷で、孤児出身のソニアに頭を下げる人はいない。話しかける人もいなかったが。明らかにどこぞかの高位貴族なのに宮廷筆頭聖女の顔を知らないというのも、微妙に警戒心を煽《あお》る。

「はあ、まあ、そうっス」

「出張は行ってますか？」

「患者が遠いところにいるってことスか？　えっと、食事が出るならいっスよ」

「いえ、治していただきたいのは馬なのです」

「うま」

クラウディオは長い銀色のまつ毛を哀しげに伏せて言った。

「実は父が危篤との知らせが先ほど届きまして、急ぎ自宅へ帰るところなのですが、馬を替える時間も惜しく、最低限の休憩だけで、日中の殆どを走らせ続けたいのです。それでも片道三〜四日ほどかかってしまいます。ですので、少しでも早く帰宅する為に走行中、疲労した馬に治癒魔法をかけていただきたいのです」

ソニアはなるほど〜！　と納得した。走り続ける馬は可哀想《かわいそう》だが、父の死に目に会えるかどうかの瀬戸際なら形振《なりふ》り構っていられないというのも理解できる。それに、そんな遠い領地の貴族なら確かにソニアの事は知らないだろう。

「いっスよ！　食事付き、一回魔法使う毎《ごと》に千ガルで受けるっス！」

ソニアがニカッと笑うと、クラウディオの肩から力が抜けた。

「その条件でどうぞよろしく頼みます」

「クラウディオさんのお父さんは聖女に診《み》せたっスか？」

聖女の力量にもよるが、診せても治らない時は寿命という場合もある。

クラウディオは哀しげに笑みを浮かべた。

「我が家は遠く、中級の聖女様に診ていただいた事はあるのですが、現状を維持するのが精一杯と言われました」

「じゃあお父さんの方も診るっス。間に合うように急ぎましょう！」

ソニアは残ったパンを口に詰め込み、箱をカフェへ返すと、果実水の瓶を片手に歩き出した。

「ふぁっきの　ばしゃ　れすか？」

既に遠ざかった馬車を指差すと、クラウディオは呆然《ぼうぜん》とした顔で頷いた。

そして眉を下げて微笑《ほほえ》み、ソニアにお礼を告げた。

「ありがとうございます。聖女様」

「ソニアッス！　孤児出なんでただのソニア！　よろしくクラウディオさん」

二人が王都の門を潜り抜けると、路肩に先ほど見た馬車が停車していた。馬が繋《つな》がれたまま草を食《は》んでいる。

「ロハン！　済まなかった！」

「クラウディオ様！　ご無事でよろしゅうございました！」

茶金の髪に青い瞳の、町娘達がはしゃぎそうな優しい顔立ちの騎士が御者台から降り、クラウディオに駆け寄った。スラリと背の高いクラウディオより拳ひとつ分程大きく、鍛えているからか肩幅もあり、鎧を着て帯剣している為ちょっと威圧感がある。

その彼が眼光を鋭くしてソニアを見た。

「ロハン、一緒に来てくれる事になった聖女のソニア殿だ」

「ソニアッス！　よろしく～」

ひらひらと右手を振り軽い挨拶をするソニアにロハンは笑顔を作った。

「そうですか。よろしくお願いします」

その目は笑っておらず、信用されてない事を感じたが、ソニアは別段気にならなかった。宮廷中で向けられる貴族からの嘲《あざけ》りの視線に比べれば屁《へ》でもない。

「じゃあ、あたしは御者台に一緒に座らせてもらうっス～」

本来ひとり掛けの座席だが、ゆったりした幅で作られていて二人座れそうだ。長距離用なのか肘掛けが作られていて、うっかりうたた寝しても落っこちない安心感がある。

先に座ったロハンの隣に、ひっついて身を収めると、ロハンは居心地悪そうに身じろぎした。

ロハンの鎧が当たりどころによって痛いので、ソニアも肘掛け側に尻の位置を調整する。

「ソニア、よろしく頼む。ロハン！　途中で御者を交代しよう」

「問題ありません。ゆっくりお休み下さい」

馬車が動き出す。街中で見るものより速く、馬はかなり速足で進む。王都を出てしまえば道は舗装されておらず、速い分よく揺れた。

しかしもっと風がビシバシ当たるかと思っていたのに、意外にも時々そよ風が吹く程だ。天気の良さと相まって気持ちがいい。

その事をロハンに問うと、渋い顔をしながらも、何やら風避《よ》けの魔導具とやらを使っていると答えてくれた。

「この辺りだと魔導具は珍しいですね。馬車の中も揺れ軽減の魔導具が使われていて御者席ほど揺れませんよ」

「へぇ～」

貴族はやっぱり珍しい物を手に入れるのが早いなぁと思う。

それにしても、こっちを警戒しているのに丁寧に答えてくれてロハンは結構良い人そうだ。

ロハンから話しかけられる事はないが、話しかければ返してくれる。

あっという間に一時間が経《た》ち、馬の足並みが乱れてきた。

(そろそろかな)

「魔法かけていっスか？」

「え？　あ、ああ」

病気や怪我は患者に手を触れて正確に症状を読み取りたいところだが、疲労回復くらいなら多少距離があっても問題ないので、ソニアは御者席からこのまま魔法をかけるつもりだ。

(より早い方が良いだろうしね)

とは言えソニアは今までに馬に治癒魔法をかけたことがなかった為に、試しに一頭だけかけてみる。するとその馬だけ元気になってしまい、余計動きが乱れてしまった。ストレスや不満から他の三頭がいななく。

「おっと、どうどう」

ロハンが宥《なだ》めるが、なかなか真っ直ぐ走らない。

(ありゃ。まとめて魔法をかけないとダメだ)

急いで残り三頭にまとめて魔法をかけると、機嫌を直したのか再び速足で進み出した。

「ふーん。人に使うのと感覚は変わんなさそーだね」

「お前……」

「ん？」

ぽそっと呟いたのは聞こえなかったのか、ロハンは驚愕《きょうがく》の顔でソニアを見た。

「今、三頭一気に魔法をかけたか？　しかもこの離れた場所から？」

「あ、すまん！　次はきちんと四頭まとめて魔法をかけるっス！　あんなに機嫌が悪くなると思わなかったよー。今のはサービスってことにするんでクビにしないで欲しいっス～」

こんな何にも無い道端に放り出されたら流石《さすが》に泣く。そう思ってへこへこと頭を下げると、ロハンは詰まりながらも「ああ」と返事してくれた。

（ふぅ～危ない危ない。一日に二回もクビになるのはごめんだよ～）

それから大体一時間おきに一回治癒魔法をかける仕事が日が落ちるまで続いた。その度にロハンが「嘘《うそ》だろ」「信じられない」と小さく呟いて、ソニアへ向ける剣呑《けんのん》な視線は段々形を潜めていった。

（一体何が信じられないんだろ？）

途中、クラウディオから御者交代の申し出があったがロハンは断り、日没ギリギリまで馬車を走らせ続けた。


「いや、ソニア殿の魔法は凄《すご》いな!?」

「へぃ!?」

今日の野営地を決める頃には、出会って数時間しか経っていないのに、ロハンのソニアへの警戒心はすっかり無くなってしまっていた。

（何故。仕事ぶりが評価されたって事でいいのかな……。大した仕事してないけど）

日が完全に落ち、野宿用の焚《た》き火《び》を囲み三人で食事をし始める。と言ってもご飯は梨だ。馬車の荷台に積んである木箱の中には馬用の梨がたっぷり詰まっていた。途中宿を取れない可能性を考えて馬のご飯だけをとりあえず積んできたらしい。

馬は梨を食べてから、足元の草を食べ出した。ずっと走り通しだったのだ。腹ペコだろう。

クラウディオは魔法が使えるらしく、バケツを馬車から出すと水で満たして馬達に差し出した。人はお馬様のご相伴《しょうばん》に与《あずか》り梨を一人一個ずつ貰う。水分もたっぷりで甘くてうまい良い梨だ。ついでに果実水の入っていた瓶に水を入れてもらってごくごく飲む。うむ、水もうまい。

「ソニア、食事を用意すると言っていたのにこんな物ですまない。途中村があったら希望の物を買うので、嫌にならないで欲しい」

「えー？　別に大丈夫っス！　こんなうまい梨は初めて！」

にこにこ笑いながら皮ごと梨を齧るソニアを見て、クラウディオは眉尻を下げる。

「クラウディオさんって、すげー良い人っぽいスね！　そんな気遣わなくても大丈夫！　病人いるってわかっててやっぱ行かね、なんて言わないっス」

「疑っているわけではないんだが……すまない。今まで何度打診しても上級聖女を派遣してもらえなかったもので」

「上級？　派遣？　そいや、出会った時も中級の聖女〜とか言ってたっスね。聖女のランクなんて初めて聞いたっス。てかそもそも聖女なんてそこらの診療所行けば診てくれるっしょ？」

聖女は国が運営する診療所にいれば公務員扱いで毎月お給料が出るのだ。貴族が個人契約してお抱えにする事はあっても完全フリーの聖女なんて逆にそうそういない。よっぽど職場の人間関係が悪いとか、やむにやまれぬ事情有りの人だ。

それ程聖女がそこら中にいる国で派遣されないとは？　とソニアが首を捻ると、クラウディオとロハンは顔を見合わせて済まなそうな顔をした。

「伝えていらっしゃらなかったのですね」

「そう言えば焦っていて言い忘れていたかもしれないな。すまない、僕は隣国の人間なんだ」

「隣国……っスか」

「僕の国では聖女の魔力量や一回の治療で完全治癒出来る怪我の程度に応じて下級、中級、上級と階級分けしてるんだ。下級は深い切り傷や捻挫《ねんざ》なんかの日常で負う傷の治癒、中級は切断面の接合など戦いで負う深い傷の治癒、上級は魔獣などに食いちぎられて無くなってしまった部分の完全再生、とね。患部が外側から見えない病気の治療は個人で得手《えて》不得手が出るみたいだから、怪我の治療のみに基準があるのだけれど。それでもやっぱり下級より中級の方が病気の治りが早いと報告は上がってるかな」

「へぇ」

相槌《あいづち》を打って、ソニアは水を飲む。

(宮廷聖女の半分くらいは欠損の再生出来たはず。一人くらい派遣してもいいのに。エーリズ王宮、ケチだな)

飲みながら昨日までの職場を思い出す。割と閉塞的な環境で、国外どころか王宮の外に出たがる人が少なかったな、と思う。

「……対象に手を触れないで治せるなんて、ソニアは強い聖女なんだね」

「⁉　っぐ、ぶふっ」

「ええ、俺もこんなに魔力の強い聖女に会うのは初めてです。強いのに街中で治療なんて、本当にエーリズでは有り余るほど聖女がいるんだな」

くぴくぴと瓶を傾けていたので、急に水を向けられて思い切り咽《む》せてしまう。

「大丈夫？」

「だっ、大丈夫、大丈夫。えー、それで、隣国ってのは……」

「テノラス帝国だ」

「へ～！　テノラスは初めて！　つか外国初めて！　楽しみっス！」

慌てて受け流したが、国外が楽しみなのは本当だ。エーリズではテノラス帝国は国民の殆どが生活魔法を使え、そこから派生した魔導具開発に力を入れていると聞いた事がある。

しかし、あんまり余計な事は言うまいと半分残る梨をシャリシャリと齧った。「これで上級じゃないのか……？　いやでも、上級だったら絶対王宮にいるはずだし……違うんだよな？」と呟くロハンの声は聞こえなかったことにする。

「本当に助かるよ。エーリズ王宮で宮廷筆頭聖女様と面会させていただいたのだが、テノラスのような生活魔法に特化した庶民臭い土地には行きたくないと言われてしまって」

「え⁉」

身に覚えがない発言に梨をもぐる口が止まる。

（筆頭聖女に面会した!?　いつっスか!?　知らない間に断ってたとか？　全然覚えが……）

「ソニア？」

「あ、えええと、あー筆頭聖女に会ったんスねー！　いつ？　どんな人でした？」

「ああ、筆頭聖女様というのは聖女様達の憧れらしいね。一昨日の晩餐《ばんさん》会でお会いしたよ。侯爵家出身の御令嬢とかで、見た目は美しい方だったけどね」

ソニアの前のめり棒読みはスルーしてくれたみたいだ。

クラウディオは言葉を濁して困ったように笑い、ソニアは頭を抱えたくなった。

（フィリスかー。あいつ何やってんだよ、筆頭名乗るんだったら助けに行けよ！）

「えーと、美人じゃないけど私で我慢して欲しいっス」

「我慢だなんてそんな事はないよ。ソニアに来てもらえてすごく助かってる。それにソニアは可愛《かわい》いと思うよ」

「はは、それはどうも～」

美青年からすんごいお世辞きた。

これ以上言ってもクラウディオに気を遣わせてしまうだけなので、ソニアは話題を変える。

「テノラスって道端で簡易治療所してても捕まらないっスか？」

「ん？　依頼が終わったらちゃんと送り届けるつもりだから帰りの心配はしなくてもいいよ？」

「やー、実は今朝仕事先をクビになったんスよ～。折角テノラスまで行くなら仕事しつつ観光でもしてゆっくり滞在してみようかと」

「ああ、そうなんだ。大変だったんだね。道端で商売は露店扱いなんだ。商業ギルドに申請所があるから申請すれば誰でも商売出来るよ」

それを聞いてソニアはやる気が出てきた。

（新しい町で心機一転！　悪くないっス！）


夜はクラウディオとロハンが交代で見張りをしてくれるらしい。野盗が出ても声を出す前に殺《や》られる自信のあるソニアは、勧められるまま馬車を借りて眠る事にした。

「おじゃましまーす」

そっと馬車の扉を開ける。かなりゆったりした広さの馬車なのに、雑然としていた。

「おお……」

座席は向かい合わせで備え付けられているが、片側はトランクが積んである。着替えと、あと布類が入ってるんだろう。トランクの合わせ目から布端が三箇所くらいはみ出している。あと丸めたハンカチらしきものが隙間に押し込まれていた。

それらの上に開けっぱなしのカトラリートランクが載っていた。夜は皿もフォークも使っていない。水用のコップを出すのに開けたんだと思うが、皿が割れると怖いので（値段的に）そっと閉じる。

残ったスペースには書類束が積んであり、ペーパーウェイトのように口の開いた巾着が置かれている。巾着の中はカットの揃った石がゴロゴロ入っていた。鈍色でほんのり緑を帯びている。

宝石にしては透明度が低い気がしたが、そもそもアクセサリーを持っていないソニアはそういう事に詳しくない。

孤児が手を触れると盗人と言われるのは身に染みているので、触らないようにだけ気をつける。

(メイドも連れていないし。よっぽど慌てて出て来たんだろうな)

もう片方の座席はクッションと毛布が載っている。手触りの良いベルベットの座面にありがたく横になる。

ふわっと爽やかな花の香りがした。


いつもの習慣で、ソニアは夜明けと共に目が覚めた。

よだれが垂れていないか服の袖で拭いて確認してから馬車の扉を開けた。

馬車の外では焚き火の番をしながら、ロハンが片手鍋で沸かした湯を飲んでいた。クラウディオは小さい折り畳みの椅子に腰掛け、膝掛けを頭から被り目を閉じていた。

「おはようっス」

クラウディオを起こさないようにロハンに小声で挨拶する。

「おはようソニア殿。早いな」

ロハンはソニアにも湯を汲《く》んでくれる。

ありがたく受け取り、高そうなカップを両手で包み込んで口をつける。

「あ、カトラリートランクに茶葉とジャムがあったスよ？」

「……ポット忘れたんだ」

「ああ」

残念すぎる理由だった。

次いで手渡された梨を齧っていると、クラウディオが目覚めた。

「ん、ソニア……おはよう」

「おはようっス。馬車で眠り直す？」

クラウディオは立ち上がって思い切り伸びをした。肩のあたりからバキッと小気味良い音が鳴る。

昨日はきちんとセットされていた前髪がぱらりと崩れた。

きっちり着ていた詰襟や中のシャツも着崩されていて、チラリと覗く鎖骨はなんとなく見てはいけないものを見ている気分にさせる。

「いや、次はロハンの休憩だ。午前は僕が御者をするから、食べたら出られる？」

「いっスよ」

「問題ありません」

全員が湯と梨で朝食にして、馬車に馬を繋いですぐに出発した。

御者席に再び二人で座る。クラウディオはロハンより細身な上、鎧を着けていないので昨日よりゆったり座れた。当たっても痛くなくていい。

腰掛けた瞬間ふわっと花の香りがして、馬車のクッションの匂いを思い出した。

「と、ごめん。これは未婚の女性には失礼な距離感だね……。昨日のうちに気がつくべきだった」

ぴったりくっついて座る事に少々抵抗があるらしく、クラウディオは謝罪した。

「問題ないっス。そもそも気づいてたってどうしようもないじゃん。馬車の中から馬は見難《みにく》いから魔法かけ辛《づら》いし」

「すまない。お礼は弾むよ」

「やった！　やる気出たっス！」

ソニアがニカッと笑うとクラウディオは眉を下げて微笑んだ。

「ソニアの明るさはなんだか心が軽くなるよ」

「そー言ってもらえると嬉しっス」

ガラガラと順調に馬車は進む。

クラウディオは話が上手《うま》く、会話が弾む。

「そうだ、次の村に着いたらソニアの好きな食べ物買ってくるよ。何が食べたい？」

「パン！　パン食べたい！」

「パン？　もっとお菓子とかじゃなくて？」

「お菓子も好きだけど～。パンが好きっス！」

ソニアは孤児だったのだが、その中でも特に貧乏なスラムの孤児だった。その辺の草だったり、クズ野菜だったり、肉に至っては腐りかけ以外を口にした事はなかった。要はお金が無い為ゴミを食べていたのである。

パン屋の存在は知っていた。とってもいい匂いがしてつい近くで匂いを嗅いでしまうのだが、浮浪児が店頭で彷徨《さまよ》い歩いていると石を投げられるので、聖女として拾われるまでまともなパンを食べた事が無かった。カビたやつとか、ゴミ箱で汁吸ったやつとか、一番マシなので極限まで乾燥したカチカチパン。そんなんばっか。

「も～初めて食べたふかふかのパンは本当に美味しくて！　しかも種類もすっごいあるし！　パン大好き!!」

ソニアのパン愛をクラウディオは穏やかに相槌を打ちながら聞いてくれた。

「そうか。じゃあパンを沢山《たくさん》買う事にしよう」

「クラウディオさんは何が好きっスか？」

「そうだなぁ……」

クラウディオは迷ったそぶりを見せてから、ソニアの耳元に近づいた。整った顔が間近にあり、色恋に無頓着《むとんちゃく》なソニアも少しドキッとする。

「内緒にしてくれよ？　実は……ジャーキーが好きなんだ」

「ジャーキーって。あの保存食の？」

クラウディオはほんのり頬を赤くして頷いた。男前が照れているというのは、なんだか目を潰しにきたのか？　と言うくらい眩しい。

「騎士達は遠征なんかで度々口にするらしいんだ。試しに貰ったら好物になってしまって。だけど貴族の間では、その、保存食を口にするなんてと言われていて。いつもこっそり食べるんだ」

確かに貴族はいかに新鮮な物か、いかに珍しい物を食すかで権力を表したりもする。

庶民にも保存食と認識されているジャーキーを貴族が好物と言うのは嗤《わら》われてしまうのだろう。

「貴族も大変っスね～。でもあたしもジャーキー好き！　なかなか腐らないし！　特に牛のは美味しいよね！　ジャーキーもあったら買って欲しいっス」

「っ、ああ。もちろん」

ソニアは今日も一時間おきに馬に魔法をかけた。ロハン程ではないが、クラウディオも最初、感心したような興味深い顔でソニアを見た。

時々クラウディオが首を回していたので、馬のついでに魔法の範囲をクラウディオまで広げる。クラウディオは瞬いてからソニアを見た。

「今……」

「あっ、勝手に魔法をかけてごめんっス！　なんか首が辛そうだったんで」

貴族は結構こういうのされて「当然」ってタイプと、気に障《さわ》るってタイプとで分かれるんだよな。と、ソニアは慌てて謝ったが、クラウディオは素直にお礼を言った。

「ありがとう。凄いね、すぐ楽になったよ」

「どう、いたしまして……」

にこっと笑顔を向けられるとなんだか照れてしまう。

(エーリズの貴族と全然違くてなんだか調子狂うなぁ)

その日は順調に進み、お昼過ぎに通りかかった村で買い物も出来た。クラウディオは約束通りパンをカゴ山盛りに購入してくれて、ジャーキーも買った。野菜やソーセージも幾つか購入し、梨を食べて空いた木箱に収めた。

昼食はそのまま村の食事処《どころ》で食べ、午後はロハンの御者で日没まで進んだ。

丸一日馬車に乗っていて流石のソニアも尻を始め体中《からだ》が痛い。降りてから体を動かし、軽く運動する。

「ソニア疲れたでしょう？　おいで」

今日午前中ずっとクラウディオと話していたからか、だいぶ仲良くなり距離が縮まった気がする。

クラウディオはソニアを手招いて折り畳み椅子に座らせると、肩を揉み始めた。

「クラウディオさん!?　あたしなら大丈夫っス」

「でも治癒魔法って自分には効き辛いって聞いたことあるよ？　ソニアは僕とロハンと馬に同時に魔法をかけてくれているだろう？　だから僕達実はあんまり疲れてないんだ」

済まなそうに話しながら肩を揉むクラウディオに、心がほわっと癒された。

(人に気遣われるのってなんだか嬉しいなぁ)

宮廷聖女になってからは、蔑みや嫉妬に晒されてばかりで随分疲れていたんだなぁと、今更知る。

「ありがとっス。気持ちいい」

「どういたしまして。このペースなら明日の夜までに国境に着くよ。国境を越えたら宿で一泊して、次の日の夜までには僕の家に到着出来るはずだ」

「わかった。頑張るっス」

肩を揉んでもらっている間にロハンが簡単なスープを作ってくれた。食料を買うついでに鍋とポットを買っておいたらしい。

「ソニア殿、どうぞ。味の保証はしないがな」

クラウディオに渡した後、ソニアにも分けてくれた。雇用契約にご飯が織り込まれてるとしても、具沢山に盛ってくれて嬉しい。

「ありがとっス。ん～いい匂い、いただきまーす！」

ソーセージとキャベツと塩のスープはシンプルな味付けだが、キャベツの甘みとソーセージから出た脂が引き立っててうまい。買ってきたライ麦パンも、薄くスライスして軽く炙《あぶ》ると、ザクザクした食感と立ち上る香ばしさがこれまたうまい。

「うまーい！」

「うん、美味しいよロハン」

「ありがとうございます」

食後にジャム入りの甘いお茶も淹《い》れてもらって、お腹いっぱいだ。

今日も馬車を拝借して眠ろうと立ち上がったソニアをクラウディオは呼び止めた。

「ソニア、洗浄魔法する？」

「洗浄魔法⁇」

「知らないいか。僕がやってみるから見てて」

手から魔力が放たれると、クラウディオの足元から滝のような水柱が立ち上がりそのまま上空へ通り過ぎて消えた。

「うおぅ!?」

ソニアは水を目で追って上を見て、再び視線をクラウディオに戻すと、シャツの袖口や襟が少し汚れていたはずが、きらめく白さに戻っている。濡《ぬ》れてもいない。黒銀の詰襟やスラックスも、色的に分かり辛いがきっと綺麗になっているのだろう。

何回も上空とクラウディオの間で目が往復してしまう。凄い。

「こんな感じ。お風呂もないし、する？」

「おおぉお……お願いするっス」

「じゃあ目を閉じて、息も止めてね。三、二、一、はい！」

クラウディオがはいと言った瞬間、ソニアの足元から水が湧き上がった。正確には温めのお湯だ。全然冷たくない。

水の中から上空に消えていく水流の塊を見上げる。

夜空に消えていく水は焚き火の光を反射して、オレンジの流星のようだ。輝きながら弾け消えていく煌《きら》めきに見惚《みと》れた。

「キレイな魔法……」

体も、臭い始めていた服もすっきりさっぱりだ。

余韻に浸りながら正面に視線を戻すと、何故か二人は後ろを向いていた。

「？　ありがとう……えと、どうしたっスか？」

クラウディオがそっと振り返るが、その顔は掌に隠されている。

「あの、すまない。配慮が足りず……。その、少々スカートが、捲《めく》れてしまい……申し訳ない」

ソニアは自身のスカートを見下ろすが、既に元通り下がっている。

女性が脚を出すのは閨事《ねやごと》のみ、と言われてはいるが庶民はそこまで厳格ではない。しかも宮廷にいた頃は「ガリガリの孤児は慰みものでも要らないな」なんて言われていた事を思えば、クラウディオの反応は大分気を遣わせてしまっている。

「大丈夫っス！　じゃおやすみっス～」

けろっと笑って扉に消えていくソニアを、なんとなく納得がいかない顔でクラウディオは見送った。

「僕って男に見られてないのかな」

「テノラスでパーティを開けばご令嬢のダンス待ちの行列が絶えない程、クラウディオ様は人気なんですけどねぇ……」

そんな会話はソニアに届かなかった。

馬車の中で昨日のように横になると、変わらず爽やかな花の匂いがした。

「いいにおい……」

何の花の匂いかわからないけど、好きな匂いだった。

三日目の午前はロハンが御者席に座った。

「今日もよろしくっス」

「こちらこそ、よろしく頼む」

ロハンは最初のような警戒する雰囲気は無くなったが、生来そうなのか無口な方だ。

「騎士の人はみんな口数少ないんスか？」

「いや、人にもよるが。でもそうだな、職務中に見聞きした事を他言してはいけない決まりがあるから、近衛《このえ》騎士になってから無駄話にも気を使って喋らなくなったかもしれないな」

「ストレス溜《た》まりそうっスね」

「聖女もそうじゃないのか？　患者の情報とか、他言出来ないだろう？」

「んー、治癒魔法ですぐ完治出来ない人の情報はそうかも？　でもそんな人殆どいないっス」

「……そうか、すぐ治療出来ればそれは弱点にならないのか」

鋭い視線で弱点を探る話はしないで欲しい。

職業あるある話をしていると早々に村があったが、食料に問題が無かったので寄らずに先を急ぐ事にした。

お昼休憩にソーセージを挟んだパンを食べ、馬の食事が終わり出発の支度をする。午後の御者はクラウディオに交代だ。

夜半から朝まで見張りをし、続けて御者までしたロハンは馬車の中で仮眠をする。

「よろしくねソニア」

「はーい」

再び御者席に二人で収まる。鎧を着たロハンより広く座れ、ソニアは少し肩の力を抜いた。

馬車を走らせ始めてから、クラウディオはぽそりと言った。

「……ロハンともこうして座ってるんだよね」

「そうっスね〜。でもクラウディオさんと乗ってる方がいいっス」

「え……！」

クラウディオが喜色の含んだ声を上げるが、ソニアは苦笑した。

「ロハンさんの鎧は当たると結構痛くて〜。あとクラウディオさんと比べると彼はでかいから狭くて」

「ああ、そういう……。待って、鎧当たってたの？　あれエッジの所は少し当たっただけでも痛いだろう？　あざになってない？　大丈夫⁉」

「だっ、大丈夫大丈夫！　自分にも魔法使ってるっス！」

「自分に魔法使う程痛いのか？　って、治癒魔法って自分には効き難いんだろう⁉　完治してないんじゃないのか？」

既に肩がくっついて座っているのに、腰まで詰めて寄って来た為、鎧でぶつけた場所が圧迫されてソニアは一瞬眉を顰《しか》めた。それを目敏《めざと》く見咎《みとが》めたクラウディオの顔が険しくなる。

「そんなに気にしなくていいっス。そのうち治るし」

「本気で言ってるの？」

クラウディオの言った意味がわからずソニアは首を傾《かし》げた。昔から孤児である事で軽んじられてきたソニアにクラウディオの言う意味は理解出来なかった。

「……わかった。なら、今日の宿で手当てするから」

「へっ!?　いやいやいや！　流石に遠慮するっス！　尻の横の腰辺りだから」

クラウディオはチラッと一瞥《いちべつ》してから、息を呑《の》むほど美しい微笑みを浮かべた。だが何故かソニアの背筋にはゾクッと悪寒が這《は》い上がる。

(話題を！　話題を変えろあたし!!)

「あ、あー……えっと、クラウディオさんのお父さん頑張ってますかね!?」

単純な脳みそが捻り出した話題に自分でがっかりした。もう一人自分がいたら後ろ頭に盛大な平手をかましている。

(危篤の人に頑張ってるか？　なんて、すごい無神経……!!)

「そうだねぇ。最期に立ち会いたくはあるけど、でもずっと覚悟はしてたからね」

穏やかに凪《な》いだ笑顔を見せるクラウディオに、ソニアも冷静さを取り戻す。

「……長いんスか、闘病生活が」

「うん。一年前には余命宣告を受けてね、既に家督は兄が継いでいて……準備はしているんだ。時々聖女に診てもらったりしても無理で。主治医にもね、もうエーリズの筆頭聖女並でないと癒せないだろうと言われて。実は今まで何回か打診したことがあって、今回も国交ついでの駄目元で頼んでみたんだ。まあ、期待はしてなかったから」

ソニアは顔を顰めた。そんな打診は一度も聞いた事がないし。多分、あいつは受けない。

（あのジジィの方からあたしを手放す事は無いだろうね）

苦い思いから目を逸《そ》らす。既に過ぎた事。割り切る事には随分慣れた。

「でも、ソニアに会えた」

「え？」

「ずっと気になってたんだ、その制服。ソニアは宮廷聖女、だよね？」

「あ。あー、ははっ。そっス。クビになったけどね～」

クラウディオの探るような視線から目を逸らす。

やましい思いがある。

自分は死ぬと分かっている患者をあの王宮に置き去りにして来たのだ。

「よかったらテノラスの宮廷で働かない？　推薦するよ」

「んー……、やめとくっス！」

目を合わせないように苦笑するソニアを見つめたまま、クラウディオは「ふぅん」と意味あり気に応えた。

「気が変わったら言ってね」

「はは、あざまーす」


途中、馬のおやつ休憩を挟んで再び走り出す。ロハンが交代を申し出たが、クラウディオは断って御者席に座った。

休憩前のちょっとした気まずさなんて感じさせずに、クラウディオはポケットから出したジャーキーをソニアに渡した。自分の分もちゃんと用意していて、「ポケットからジャーキー出す貴族」にソニアは笑った。

「あはは！　ソレずっとポケット入れてたんスか？」

「そう。御者役が長いから小腹が減るかと思ってね。出番があって良かった」

「折角だからいただきまーす！」

しっかり乾かしてあるジャーキーに歯を立て、筋に沿って噛《か》みちぎる。

「お、臭くない！　ウマいやつー！　当たりっスね、クラウディオさん」

横を見ると、クラウディオは上手く噛みちぎれずにもごもごしていた。口に一度入れた物は出さない、口に物が入っている間は喋らない、という育ちの良さから、クラウディオは何とか噛みちぎり、飲み込んでやっと喋り出した。

「いつもひとりで食べてたから、これは盲点だった」

「いやいや、食べてても喋れるっしょ」

「…………」

無理らしい。

クラウディオには食べながら話せるソニアが不思議なようだ。

夕方が近づいてきて、やっとクラウディオはロハンと御者を交代した。

「ゆっくり休めたかい？」

「はい、ありがとうございます」

それからソニアにも馬に治癒魔法をかけたら一緒に馬車に入るように言った。

「あたしこのまま御者席でもいっスよ？」

「国境ではそうもいかないんだよ。あと一時間くらいだから馬ももう大丈夫だよ。乗って」

ソニアは不思議に思いながらも馬車に乗り込んだ。閉じた扉にロハンが何か取り付けている。

「ロハンさんは何してんスか？」

「ん？　家紋を下げてるんだよ。これがあると国境越えの検問が楽だから。逆に村とかで出しておくと怖がられちゃったりするからさ、しまっておいたんだ」

「へーなるほどぉ？」

（村で出しておくと怖がられる家紋とは？　あー、まぁ、貴族って見て分かるだけで怖いか。うんうん）

馬車の中に乗り込んでも、片側に荷物が山盛りな為、結局座席は隣り同士だ。並んで座って、ソニアは窓の外を見た。

馬は目的地が近くなったからか、速足から並足へとペースダウンした。それでも一時間もせず国境へと着く。

ソニアは初めての出国にどきどきしていたが、検問所でロハンがなにやらやり取りをすると、馬車の荷検《あらた》めもなくすんなり通過した。

「……クラウディオさんってかなり高位貴族？」

ソニアの問いにクラウディオはにっこり笑うだけだった。

今更ながらに馬車外に下げられた家紋がちょっとばかし気になったが、エーリズ国内の家紋すら碌《ろく》に覚えていないので「見てもわからんか」と諦めるのは早かった。

二章✧知らなかった事、分かっていた事

テノラスへ入国すると、ソニアはすぐ変化に気がついた。

「馬車が、揺れない」

揺れ軽減の魔導具とやらが使われていると言っていたが、エーリズでは多少揺れていた。それなのに、と外を見ると検問所まで道が舗装されている。

薄暗くなり始めた中、国境の街へ目を向けると明るく輝いていた。国境の門の向こうに広がるエーリズがまるで果てのない闇のように別世界に感じる。

街だけではない。道の両端には等間隔で明かりが灯《とも》っていて、エーリズでも王城周辺には街燈があるが、こんな国境際まで設置されている事にソニアは驚いた。

「ガス燈があんなに……」

「惜しい。あれは魔導燈だよ」

「魔導具？」

「そう。魔石が中に填《は》められていて、暗くなると自動で点くように出来ている。定期的に魔石の交換と回路チェックするだけだから、人手がかからないんだ。だから国の端まで行き渡っているんだよ」

クラウディオは巾着から、以前見たカットされた鈍色《にび》の石を出した。ソニアの視線もそちらに向く。

クラウディオが魔力を流すと、透明度が増していき綺麗《きれい》な翡翠《ひすい》色になった。

「これが魔石。魔力を補充すると再び使える。何回か繰り返し使うと、劣化して割れてしまうんだけどね」

話している間も馬車は進み、街中に入った。夜なのにそこここに明かりが灯り、キラキラしている。通りを行く人は、日が落ちたというのに足早に家路を急ぐ事なく笑顔で夜道を楽しんでいた。

晩御飯用か、沢山《たくさん》並ぶ屋台には行列が出来ていて多くの人々がお惣菜《そうざい》をあれこれ購入しているのが見える。ソニアは窓に張り付いて流れていくお惣菜の景色を食い入るように見つめた。

「毎日こんなお祭りみたいなんスか？」

「くっ、ふふ……落ち着いたら案内しようか？」

「いいんスか!?　見た事ない食べ物ばっかり！　どんな味がするんだろ～」

隣の国なのに全然違う事に驚きを隠せない。景色から目が離せないまま馬車は本日の宿についた。

見上げる程大きいホテルで、こちらも建物の至る所に魔導燈が使われている。ロビーのシャンデリアも光源は蝋燭《ろうそく》じゃなくて魔導燈のようだ。

「火事の心配が減るっスね……」

あんぐりと口を開けて見回すソニアを、転ばないようにクラウディオがエスコートする。

「そこに気がついてくれて嬉《うれ》しいよ。他国からのお客さんは見た目の美しさばかり褒めるから。そう、魔導燈が普及するようになって、火事の報告が半減したんだ」

少し誇らし気にクラウディオは答える。

ソニアは単純に不思議だった。

「何でこんなすごいものがエーリズでは話題にならないんだろう？」

隣の国なのに。交流だって全く無いわけじゃない。

「……聞きたいなら、部屋で話そうか？」

「知ってるんスか？」

クラウディオは意味深に人差し指を唇に当てて、口の端を上げた。ちょっと悪い顔だなとソニアは思う。

そのままクラウディオのエスコートで部屋まで行き、ベッドルームが二部屋ついた豪華な部屋に通される。

部屋付きのメイドがお茶の用意だけして下がっていった。

クラウディオに薦められるまま部屋着を借りてバスルームを使った。ソニアとクラウディオのどちらが先に使うかで少し揉《も》めたが、結局ソニアが押し負けたのだ。

さっぱりしてリビングのソファに座ると、ウトウトしてしまった。流石《さすが》に三日間馬車は疲れた。だがあと一日かかるとの事なので、気を抜きすぎないように頑張《がんば》ろう。

二人がお風呂を終えると、夕飯の支度ができたと声をかけてくれた。

いい匂いがしてお腹《なか》が鳴り、眠気を押して目を開ける。

「ソニア、起きた？」

寝ぼけた眼に飛び込んで来たのは、濡《ぬ》れ髪を輝かせた男だった。首を傾《かし》げて上目遣いでこちらを窺《うかが》っている。髪から垂れた雫《しずく》がラフに着たシャツに染み込み、肌色が透《す》けて見える。

ソニアは目を見開き、ソファの背もたれに背中をめり込ませた。これ以上下がれない。

「起きた。起きたっス。起きたから」

だから離れて欲しいと言外に訴えると、クラウディオは可笑《おか》しそうに笑った。そして上目遣いのままソニアの髪に手櫛《てぐし》を差し込む。

「濡れてる」

しゅわっと小さな音を立てて髪から水分が抜けた。ソニアは乾いた髪を両手で押さえてクラウディオの手から逃れる。

「あ、ありがとっス。でで、でも！　クラウディオさんの方がびちょびちょっスからね！」

照れを隠しきれない真っ赤な顔で指摘すると、クラウディオはまた可笑しそうに笑って、自分を乾かした。

白さを戻した透けないシャツにホッとする。

「さ、夕飯にはパンを多めに用意してもらったから食べよう」

「う、うん。ありがとっス」

テーブルの横には既にロハンも立って待っていて、クラウディオが席に着いてから、ソニアとロハンも座った。風呂を終えたロハンは勿論鎧《もちろんよろい》を着けておらず、鎧ありの姿に見慣れすぎて、なんだかひとまわり小さく見えてしまう。

給仕の人は用意だけすると退室した。

「いただきまーす！」

手を合わせてフォークを掴《つか》む。ふと二人を見ると軽く前菜を食べてから、綺麗な所作でスープを口にしていた。ロハンもいいところのご子息だったかー、と気がつく。

ソニアは順番など全く気にせずメインの海老《えび》のフリッターにフォークを刺して頬張った。うまい。パンも三種用意されている。ハード系のとふわふわ系のとバター系の。選べない。迷った末に三つ共食べる事にした。最高か。

食事を終えてロハンがベルを鳴らすと、再び給仕の人が来て茶器を一式置いていった。ロハンが立ち上がり、お茶を淹《い》れる。

ロハンは騎士なのにスープ作ったりお茶淹れたり、書類手伝ったり凄《すご》いな、と感心する。

「さて、先程の話の続きだけど」

お茶にひとくち口をつけると、クラウディオが話し出した。ロビーで話していた事の続きだろう。

ソニアも飲んでみると、香りが生きていてとても美味《おい》しい。

「実はもう、他国でもテノラスの魔導具は普及し始めているんだよね。魔法が得意な者が多いペキュラ国や、魔力持ちが殆どいないが技術力がずば抜けているオーガス国とは共同開発もしている」

これにはソニアも驚いた。宮廷に仕えていると色々話を耳にする事はあるが、そんな話は聞いた事が無かった。そもそも他国の話題が出る時は「どこどこの国が聖女を求めて来た」が殆《ほとん》どだ。

あとはクラウディオが言われたらしい「生活魔法に特化した庶民臭い土地」だとか「攻撃魔法が得

意な野蛮な国」とか貶《おとし》めるような発言が多い。

「エーリズ国は自国愛が凄いというか。まぁそれ自体は悪いことじゃないんだけど」

「そうですね、聖女が多く生まれる事で神に選ばれた国の民という意識が根底にあるようですね」

クラウディオの柔らかい物言いをロハンがズバリと補う。

「こちらも取引として魔導具を献上したりするんだけど、聖女の譲渡に釣り合わぬと言われる始末で。まともな国交が難しいんだ。この辺の兼ね合いで、エーリズは魔導具の普及が遅れているんだ」

だいぶ濁して話してくれたが要はエーリズ至上主義が酷《ひど》すぎて他国の意見をきちんと聞いていないということでは、と思う。他国を見下している為、素直に良いと言って受け入れられないのが、エーリズに魔導具がほぼ無いという状況を作り出しているのだろう、と。

理由は納得したが、さらなる気になる言葉が出てきた。

「聖女の、譲渡？　ってなんスか」

「やはりソニア殿は知らないか」

「自国の聖女達には伝えてないだろうな、と思っていたけどね」

クラウディオは眉を下げて困った顔をした。

「エーリズはね……その、輸入の対価を、聖女で払う時があるんだ」

「は？」

「中級の治癒《ちゆ》魔法を使える聖女をね。もちろん中級程度でも他国では貴重だ。来てもらったからには丁重に扱うし、生涯不自由無く暮らせる給金を保証している。だけどそうしてやってきた聖女はみんな驚くのさ。エーリズでされていた教育と全然違うと。エーリズではどうやら自分から出国しないよう洗脳じみた教育がされているのではないかという予測がされていて。近頃では周辺国でエーリズの聖女の扱いは非人道的ではないかと問題になったりして、エーリズは孤立しつつある。どの国も聖女がいないと困るから表立って突ついたりはしないけどね」

全く知らない情報にソニアは口の端が引《ひ》き攣《つ》るのを感じた。

「それでつまり何が言いたいかと言うと……本当はね、聖女を許可なく連れ出すのはエーリズに禁止されているんだ」

「わあ……」

ひょいと肩をすくめて開き直ったクラウディオに言葉が出なかった。ロハンも隣で重々しいため息をついている。これは多分、エーリズ外交で随分ストレス溜《た》め込んできたんじゃなかろうか。

ソニアはソニアでそんな事全く知らなかったので、ぺろっと出てきてしまった。

「あ、じゃあ最初あたしに馬の治癒だけ依頼したのは」

「国境で帰すつもりだったのさ」

「そゆことかぁー！　あー……ま、いっか」

「いいの？　今ならすぐだし帰れるよ？」

「まー未練はないっス。家族もいないんで。テノラス的には大丈夫なんすか？　あたしがついて行ったばかりにエーリズから責められたりとかはないんスか？」

「うん。調べた所、基本的に聖女の意志で出国するのは罪ではないみたいだね。出国しないように教育はしているみたいだけど」

「あー、心当たりありありっス。不真面目《ふまじめ》が功を奏したな～」

思えば宮廷聖女の半数以上は宮廷から出ることはほとんどないし、そもそも出掛ける事が好きな人も少ない。聖女になると最初はみんな同じ教育を受けるのだが、自国の素晴らしさとか、他国の野蛮さ、聖女の慎ましさや献身、そんな話をしていた気がする。ソニアはほぼうたた寝していたのだが。

「あ、じゃあやっぱ街角治療所はまずい？」

「いや、それに関しては別に構わないよ。聖女攫《さら》いには注意が必要だけど」

「え、聖女攫われるの？」

「エーリズ以外では大変珍しく貴重な存在だと自覚してくれ。……やっぱり宮廷で働かない？」

「嫌っス！　すまん！」

けらけらっと笑ってすっぱり断ると、クラウディオは少し目を細めてソニアに聞いてきた。

「……そう言えば、傷はどうだい？」

「え？　きず？」

「ロハンの鎧でついた傷だよ。手当てしてあげるって言ったよね」

クラウディオが席を立ちソニアに近づく。その完璧に整った微笑《ほほえ》みに、ソニアの背筋はゾワッとした。

「だっ、大丈夫大丈夫大丈夫！　今日も治癒魔法かけといたから！　問題ナシ！」

急に何で？　何が起こった？　と疑問符が頭を占める。

「確認してもいい？　従者のしたことは主人である僕の責任だから」

「いっ、いやいやいやいや!?　おーげさだよ！　問題ナシ！」

慌てて席を立ち周りを見回すと、何故《なぜ》かロハンが消えていた。いつのまに。

ソニアはそのまま後ずさるがクラウディオはゆっくり距離を詰めてくる。

「ね？　優しくするから、見せて？」

困った子供を諭すような優し気な顔で近づいて来ているはずなのに、何故か肉食獣のような迫力がある。なんで。

ジリジリ後退していると、踵《かかと》が何かに引っかかり尻餅をついた。ぽすりと柔らかい感触に、座り込んだのはソファの上だと知る。ホッとしたのも束の間《つかのま》、クラウディオがソファの背もたれに手をついた。美しい顔が眼前に迫る。

「覚悟は出来た？」

「っ、出来るかっ!!」

ソニアが焦った顔で全力拒否をすると、「ぷっ」とクラウディオが吹き出した。

「はい、湿布。きちんと貼ってね」

「～～っ」

膝の上に救急箱を置かれ、揶揄《からか》われたのだとやっと気がついたのだった。

寝る前に救急箱に入っていた説明書を見ながら、人生初の湿布を貼った。

朝になって剥《は》がしてみると、あざが出来ている場所から痛みが消えていた。

「おお、すごいなテノラスの医療」

クラウディオ曰《いわ》く、魔法を使わない薬を使った医術はエーリズが一番発展が遅いそうだ。聖女がいない国では当然かなり発展しているらしい。

いつもの制服に袖を通し、リビングへと出ると既に二人とも準備を終えてそこにいた。

「遅れたっス、すまん！」

「大丈夫だよ。朝食食べたらすぐに行こう。あ、両替はする？　国境のホテルは出来るようになってるんだ。テノラスはガルじゃなくてシェルを使うから。一ガル＝一シェルだから難しくないけど」

「お願いするっス」

所持金全て両替をお願いし、手荷物もないので食後にホテルを出た。

馬車は少し移動してすぐに止まった。

降りると、目の前には巨大な建物が大きく口を開けており、中はもみくちゃになるほどの人で溢《あふ》れかえっている。

部下を引き連れて、黒のスーツに眼鏡《めがね》を掛けた男の人が頭を下げながら近づいてきて、人避けしながら誘導してくれる。付いて行くと、巨大な煙突のついた黒いものが待ち構えていた。どでかい馬車の車部分のようなものが幾つも繋《つな》がっている。そこに人が沢山吸い込まれていく。

「驚いた？　魔導列車だよ」

「魔導……列車」

「昨日、魔石は何回か使うと劣化して割れてしまうといったよね？　その廃魔石を燃料にして動く鉄の車なんだ。とっても速いよ。途中駅には止まるけど、夜には帝都に到着するから」

乗り込むと中は普通の部屋のように整えられていた。シャワールームもキッチンもあるし、ソファとテーブルにベッドもある。もう普通の家と遜色ない。

座って待っててね、と言われそっと窓際の椅子に腰を下ろした。外を見ると他の車両にも沢山人が入っていく。

「他はもっと乗れるんスか？」

「うん？　ああ、うん。平民用に座席をなるだけ沢山設置して、一人当たりにかかる費用を下げた車両があるんだ。幾つかグレードはあるけど、一番多く乗れるものは七十二席かな」

「へ～スゴッ」

そのまま外を眺めていると、甲高《かんだか》い笛の音がして部屋が動き出した。始めこそ振動を感じたが、スピードが乗ってくると揺れは少ない。馬車の何倍も速く、過ぎ去っていく景色を飽きることなく見続けた。

駅で何回か止まりながら列車は進む。

時折ロハンがキッチンに立ち、軽い食事やお茶を用意してくれた。クラウディオはいつのまにか封書を幾つも持っていて、テーブルに広げて読んで、時に返事を書いている。

規則的な列車の走行音は睡魔を呼び起こし、午後に窓の外を見ながら少しうとうとした。

そうして夜になり、本当に帝都に到着してしまった。

「はー……すごいっス。エーリズは今のままだと滅ぶ気がしてきたっす」

「そうだねえ。結構色んな国の間者がエーリズに入り込んで聖女出生率の高さについて研究してるんだけど、謎が解けた時とかは……ね」

うん。肯定されました。

祖国の聖女達に被害を及ぼさない事をお願いしておこう、と思う。

駅の外に出ると、ずらりと従者と騎士の行列が出来ており、その先に立派な馬車が停まっていた。黒く艶《つや》やかな外装に窓やドアの縁に金飾りがついていて、車輪にも金の意匠が刻まれていて、辺境まで乗っていた馬車より明らかにグレードアップしている。

先頭にいた人が一歩前に出て、綺麗なお辞儀をする。

「お帰りなさいませ、クラウディオ様。お急ぎ下さい」

「ああ、行こうソニア」

「うえっ⁉」

クラウディオは戸惑うソニアに構う事なくその手を取り、頭を下げた従者の前を通る。

「ちょちょ、クラウディオさんっ！　流石にあたしがいきなり行くのはマズイんじゃないっスか⁉　自分で言うのもなんスけど、礼儀知らずっスよ！」

「僕の話は忘れてしまったのかい？　聖女は珍しく貴重な存在だと言ったよね？　礼儀など出来なくても大丈夫だ。それに先ぶれを出して許可を取っている」

「マジか！　いつの間にっ⁉」

クラウディオと馬車に乗り込むとすぐに動き出した。

遠く、高い場所にあるお城は帝国のものだろうか。魔導燈に照らされて、夜闇の中であってもその存在感を主張している。白い石灰モルタルが多く使われているエーリズ宮殿とデザインの全然違う、厳格で堂々と聳《そび》えるお城に夢を見ているような不思議な気分になる。本当に別の国に来たんだと、何度も思う。

窓の外を見るソニアに、クラウディオはそっと静かに言った。

「父上にまだ息があるみたいなんだ。ソニア、魔法を頼めるかい？」

そのクラウディオの様子にソニアは宮廷聖女だった頃《ころ》の感覚が舞い戻るのを感じた。

いつも命令される立場だった。絶対助けろ、失敗は許さん、と。頼まれるというのは初めてだが、する事は変わらない。

ひとつ深呼吸をし、クラウディオを真っ直ぐ見返す。

「わかった。まかせて」

「……出来るかわからない、とは言わないんだね」

「言わない。息があるなら、やるだけやる」

ソニアの言葉の強さに、クラウディオは息を呑んだ。

驚いたり呆《ほう》けたり、けらけら笑うソニアとは全然違う。まるで別人のように静謐《せいひつ》な空気を纏《まと》い始めた。

「到着しました」

御者から声がかかり、扉が開いた。先にクラウディオが馬車から降り、その手を借りてソニアも降りた。

降りて、固まった。

遠くに見えていた城が、目の前に聳え立っている。

「クラウディオさん？」

錆《さ》びた人形のようにぎこちなく首を動かすと、クラウディオはにこっと微笑んだ。あのやたら整った胡散臭《うさんくさ》い笑顔だ。

「さ、行こう」

再び手を取られ、足早に進む。二人を止める者は誰もおらず、むしろ使用人達は揃《そろ》って頭を下げて道を譲った。

どんどん城の奥へ進む。使用人はいなくなり、騎士が扉を守る部屋の前に着く。横に控えていた老紳士が頭を下げて扉を開けた。

促されるまま部屋に入ると、そこには管が沢山ついた人が横たわっていた。

白衣を着た人達が周りに立ち、ベッドの側ではクラウディオによく似た夫人と、瞳《ひとみ》の色がクラウディオと同じ紫色で黒髪の男性が座っていた。

「母上、兄上！　帰りました!!」

二人が同時に立ち上がり順番にクラウディオと抱擁を交わして、ソニアを見た。

「貴女《あなた》が聖女ですね？」

夫人の声掛けにソニアはできるだけ丁寧にお辞儀をした。

「はじめまして、ソニアです。早速ですが、患者を診察してもいいですか？　時間が無いと伺ってます」

「お願いするわ、こちらからどうぞ」

上掛けから片腕が出ている方に誘導される。

意外ときちんと話すソニアに、クラウディオだけがこっそり驚いた。


ソニアは側に腰掛けて、患者を観察した。顔色が悪く心拍も弱い。頬はこけ、触れた手も骨と皮だけという儚《はかな》さだ。

「この、透明の……管？は何ですか？」

ソニアが問いかけると、白衣を着た男がひとり近づき説明をした。

「口を覆うマスクから繋がる管は呼吸を助けるもの。腕に繋がるこちらは、薬や食事が飲み込めない為、液体状にしたそれらを直接体内に流しています」

「なるほど」

エーリズには無い、初めて見る器具だ。だがテノラスの技術力の凄さは到着までに十分目にしてきた。

（じゃーこの、管が刺さっている部分は治療しちゃダメっつー事ね）

刺さっている場所は変色し痛々しいが、塞ぐと栄養がいかなくなってしまう。

ソニアは慎重に魔力を流し始める。すぐに病巣を見つけるも、それはひとつやふたつではなかった。

（多い……！　むしろよく生きていた）

一回の治療では治しきれないし、患者への負担も大きそうだ。

治癒魔法というのは基本的に患者の治癒力を極限まで活性化させて治す。本人の体力が減っている状態だとショック症状を起こす事もあるし、治りきらない事もある。その体力不足を聖女は自身の魔力で補う。

それでも間に合わない時は、聖女の生命力を消費して治療する。生命力を治癒力に変換することは難しく、出来る人は限られていて、その殆どはエーリズ王族付きの宮廷聖女だ。

「ソニアさん、どうかしら？」

「正直すぐには治せません。患者の体力が少なすぎます。本日は体力を回復させる治癒魔法のみで様子を見て、明日以降少しずつ魔法をかけてもいいですか？」

クラウディオと夫人、それと黒髪の男の人が目を合わせて頷《うなず》いた。医師と思しき白衣の人も首肯する。

「それでお願いするわ」

「わかりました。……始めます」

体が驚かないように、ちょっとずつ魔力を流す。

血流に乗るように。全身に巡るように。一周、二周、体中の隅々まで。

慎重に慎重に。本人の体力を使ってしまわないように。自身の魔力を相手の体力へと変換していく。

どれくらい時間が経《た》ったのだろうか。

周りの人達も固唾《かたず》を呑んでずっと見守っている。息遣いすら潜めて、とても静かだ。

魔力を何周も何周も巡らせているうちに、患者の生命力が少しばかり蘇《よみがえ》るのを感じた。

ソニアはふっ、と短く息を吐いて手を離した。

「今日はこのあたりでやめさせていただきます」

立ち上がると、入れ替わりで医師が横に立った。脈をとったり心音を聞いたりして、笑顔で振り返った。

「皇太后様！　陛下!!　脈拍が大きくなっております。呼吸も安定して、顔色も回復しています」

ベッドの周りに家族達が集まるのを、ソニアは少し遠い目で見つめた。

(皇太后様かー。陛下かー。やっぱりかー。てことはクラウディオさんは……皇弟ってこと？　マジかー)

涙ぐむ皇太后と弟を労《ねぎら》う陛下の邪魔にならないよう、すすす……と気配を消して部屋から出ると、入室の時に扉を開けてくれた老紳士が待ち構えていた。

「お部屋へご案内いたします」

「あ、はい」

無駄口を叩《たた》くとボロが出るので黙って従う事にする。付いていくとやたら煌《きら》びやかな部屋へと通された。

「ここでお待ち下さい」

老紳士は一言告げて部屋を出て行った。

(フェードアウトは無理っぽいなー。まあ、治すまではいるつもりだけど)

欠伸《あくび》をして目を擦りながら、室内を見て回る。

ソファやオットマンは揃いの布で、色は地味めなグリーンだが、角度をかえると複雑な模様が浮かび上がる柄織で高そうだ。テーブルセットやデスクも揃いの意匠が彫られていて、その艶やかな溝には埃《ほこり》一つ付いていない。

「良い部屋ぁ」

続きの寝室にはふっかふかなベッドがあり、それを目の前にしたらどうしようもない睡魔に襲われた。

「今日はもう寝よ……ふあぁ～」

大きい欠伸をしながら靴を脱ぎ捨てて枕に倒れ込むと、すぐに意識が落ちた。


明け方、ソニアは雲のように柔らかな布団に包まれて目を覚ました。ああそうだ昨日はなんの因果か隣国の城に来てしまったんだ、なんて寝ぼけ眼《まなこ》を擦ると、隣には男神もかくやと言わんばかりの寝顔が横たわっていた。

ソニアは悲鳴を呑み込んで跳びずさり、ベッドから転げ落ちた。

「～～っ……」

幸い毛足の長い絨毯《じゅうたん》のおかげでぶつけた後頭部は痛くなかったが、衝撃で首がグキッた。両手で押さえて耐える。

「ん」

だがひとりでドタバタしすぎたのか、かの者の眠りを妨げてしまったらしい。

のそっと起き上がりソニアの方を見てへにゃりと顔を崩した。

「そこで何してるの？」

いや、貴方《あなた》がね⁉　そう突っ込みたかったけど、朝日を浴びた寝ぼけ顔が神々しすぎる。危うく目が潰されるところだった。

クラウディオはくあ、と欠伸をしながら起き上がった。けしからん事に寝巻きのボタンが三つも開いている。ソニアは顔を背けて、ついでに靴を探す。が、見当たらない。

「昨夜は少し話がしたくて僕の部屋に案内しといてもらったんだけど、戻ってきたらソニアが寝ちゃってて驚いたよ」

（お前の部屋かーい‼　説明してくれよ爺《じい》さん！）

腐っても元筆頭聖女。それなりに豪華な内装の部屋に住んでいた弊害か、王城の豪華な客室はこんな感じか？　と流してしまった。そう言えば老紳士は「待ってて」と言っていた気がする。きちんと聞けばよかったと後悔する。

「それは……大変失礼しました。まさか皇弟殿下のお部屋とは知らず。すぐお暇《いとま》しますので……」

（靴が、靴が見つからない！）

喋《しゃべ》りながら焦ってベッド下を覗《のぞ》き込む。昨夜は脱ぎ捨てて寝たはずなのに、どうしてベッドサイドに無いんだ。

クラウディオは裸足《はだし》でベッドから降りるとペタペタとクローゼットまで歩いた。

靴が見つからず顔を上げると、クローゼットの前に佇《たたず》むクラウディオと目が合った。クラウディオはにこりと笑って人差し指を上に向ける。

反射的に指先を目で追うと、クラウディオより背の高いクローゼットの上に、靴があった。

(何故！！？？)

「ねえ、なんで喋り方変えたの？」

「礼儀知らずの私でも皇族の前で弁《わきま》えるくらいの常識はあります」

(踏み台、踏み台)

目を忙《せわ》しなく動かして、昨日と部屋の様子が変わっていることに気がつく。デスクと揃いの椅子、ソファとセットのオットマンが無い。なんでさ。

ソニアはもう靴とか無くてもいい気がしてきた。

靴は家のグレードを表す。主に靴を履いていない人というのは、スラムや路上暮らしの家が無い人だ。どんなに貧乏でも木靴は履いており、靴を履かない人に世間は冷たい。

だが孤児出のソニアには低いハードルだ。

(よし、街でパパッと稼いで木靴買って飯食って戻ってこよう)

「一度お暇し、治療の時に再び参ります」

「それを信じろって？」

揶揄うような物言いに、ソニアはカチンときた。

「そこに治る病人がいるのに、治療しないということは絶対にありません」

睨《にら》みつけて言うと、クラウディオは目を細めて優しく微笑んだ。微笑みを見て固まったソニアにクラウディオは大股で近寄り、抱き上げるとソファに座らせた。

その前に膝をつき、ソニアの小さな足に柔らかなシルクの内履を履かせた。

「ちょっ……！」

「ごめんね。急にソニアが態度を変えるから、寂しくて意地悪しちゃったんだ。許してくれる？」

旅の途中何度も見た眉を下げた笑みに、小首を傾げるという仕草が加わり、ソニアは「ひぃっ！」と小さな悲鳴を上げた。

エーリズでは聖女の地位は高くない。宮廷聖女となればそれなりに尊敬される対象ではあるが、孤児であった為にソニアの扱いは平民相当だった。

そのため貴族どころか皇族に跪《ひざまず》き許しを請《こ》われるという状況は「憧れうっとり」を通り越して恐怖を感じた。

そんなこととはつゆ知らず、笑顔に黄色い悲鳴ではなく、ガチ悲鳴を上げられたクラウディオはショックを受けた。

流石のソニアも痴漢に遭遇したような悲鳴を上げてしまったことをすぐさま詫《わ》びる。

「あ、申し訳ありません。高貴な方からそのような扱いを受けたのは初めてで」

「ソニアは宮廷聖女だったんでしょう?」

「テノラスではどうか知りませんが、エーリズでは身分も考慮されますので」

話していると部屋の扉がノックされた。クラウディオが立ち上がって返事をして、ソニアはほっとした。

(今の内にこっそり出て……)

と思ったが、侍従や従僕と一緒に入ってきたメイドにあっさり捕まり別室へと連れて行かれる。

「朝のお召替えをお願いします」と言われて、そう言えば四日以上同じ服だわ、と受け入れた。

後悔した。

なんだこのふわふわひらひらしたクリーム色のワンピースは。聖女服じゃないんかい。薄い生地が何枚も重なっているスカートはちょっと引っかけただけでビリっと破けてしまいそうじゃないか。

更に、朝食を摂るため移動した部屋にクラウディオのみならず、皇太后と陛下、それと陛下の横に綺麗な女性がひとり座っていた。

陛下とクラウディオはシャツにベストとラフな格好だが、女性二人はやはり布地面積の多い服を着ていた。ソニアが着ているスカートの倍はヒラヒラしている。

メイドにクラウディオの隣に案内され、一瞬目の合ったクラウディオをソニアはつい細い目で見てしまった。可笑しそうに笑い返されて、睨みの手応えの無さにむっとする。

スカートを引っ掛けないように慎重に腰を下ろすと、早速皇太后がソニアに声をかけた。

「ソニアさん、昨夜は碌《ろく》に挨拶出来ずに悪かったわ。私がテノラス帝国皇太后のラルダメーラよ。夫を診てくれてどうもありがとう」

　意志の強いキリッとした顔立ちだが、お礼を言う時に柔らかく微笑んだ。銀髪と水色の瞳で、クラウディオと並ぶと姉弟かと思う程若々しい。

　ソニアは偉い人からお礼を言われた驚きを隠しきれず、小さく「いえ」と返事した。

「俺はテノラス帝国皇帝のアルグライヴ、こちらが妻のジュエリナだ」

「ジュエリナです。よろしくお願いしますね」

　陛下と皇后も続いて挨拶される。

　アルグライヴとクラウディオの顔の造作は似ていないが、二人の瞳は揃いの石のように美しい紫色だ。昨夜も思ったが、明るい中で見るとますます似ている。

　皇后のジュエリナは絹糸のような滑らかな金髪に透けるように白い肌、優しげな桃色の瞳の女性だ。

　ソニアは頭を下げる。

「エーリズの聖女のソニアです」

　とても和《なご》やかに挨拶されたのだが、自分もよろしくお願いしていいのだろうか。馴《な》れ馴《な》れしいって怒らない？　と逡巡《しゅんじゅん》しているとアルグライヴが優しくクラウディオを見てから、ソニアに話しかけた。

「道中弟が世話になったな。急だったろうに、来てくれてありがとう。本当に感謝している」

「勿体《もったい》ないお言葉です」

　ソニアはホッと息を吐いた。クラウディオと同じでとても礼儀正しい方達のようだ。下々にも優しい。

会話を交わしている間にも朝食は給仕されていく。あぶりベーコン、ふわふわオムレツに瑞々《みずみず》しいサラダとオレンジジュース。そして何より艶々に輝くバターロール。

バターロールに目が釘付《くぎづ》けになっていると、隣の席からクス、と笑い声が聞こえた。クラウディオをじとっとした目で見てしまう。最初は貴公子然としていたのに、なんか性格が悪くなった気がする。

そのちょっとしたやり取りを見て皇太后がコロコロと笑った。

「報告通り仲良しなのね。この子ってばせっかく私似の美人に産んであげたのに一向に結婚どころか婚約もしないから心配していたのよ。もうアルに子供がいるから好きにさせているけど。でも本当に良かったわ」

機嫌良く話しかけられたが意味が分からない。ソニアが首を傾げると、皇太后も首を傾げた。

「昨夜、寝所を共にしたのよね？」

「!?　ちっ……」

「母上、恥ずかしいのでやめて下さい」

反射的に否定の声を上げるも、クラウディオに遮られる。慌てて横に視線を移せば、長いまつ毛を恥ずかしげに伏せる男と目が合った。

〈ナニヲ　イッテルッスカ!?〉

ソニアの口パク抗議をクラウディオは口の端を意地悪く上げて黙殺した。

（もうなんなんだ！　この男は!?）

「クラウディオはね、物事を運ぶのが上手《うま》いというか、暗躍癖があるというか。子供の頃からアルの補佐官になるって言っていて、その頃は勿論可愛《かわい》かったのだけれど。今はほら、ちょっと腹黒いところがあるのよ。顔に似合わず」

（いやもう、バリバリ顔に出まくってますケド⁉）

「母上、ソニアに僕の悪口吹き込まれるのは困ります」

「でもラウ、こう言うのは結婚前に知っておいた方がいいの。結婚してから騙《だま》された！　なんて言われたら目も当てられないわ」

（いやいや、結婚しないいし！　どうしてこうなった⁉）

そもそも自分が部屋を間違えたから自業自得とも言えるのだが。

（まさかそう思い込まされた、なんて言わないよね？「皇弟の部屋です」なんて一言も言われなかったし⁉）

皇太后の「暗躍癖」の言葉と合わせるとなんとも嫌な予感がする。

目を限界までかっぴろげてクラウディオを見ると、すまし顔でナプキンを広げていた。

どこからどこまでが策謀なのかさっぱりわからない。

そんな和気あいあいとした空気の中、年嵩《としかさ》の侍従が足早に入室してアルグライヴに耳打ちする。急いた様子は緊急事態だと見て取れ、空気がピリッと締まる。アルグライヴは口元を拭い、一同に告げた。

「エーリズの先王が身罷《みまか》られたそうだ」

ラルダメーラが静かに目を閉じる。

「……長かったわね。もう、かれこれ十年以上かしら？　エーリズの聖女でも延命しか出来ないと知って、当時は驚愕《きょうがく》したわね。そんな病があるのかと」

ラルダメーラの視線を感じたが、ソニアは沈黙を貫く。フォークを持つ手に力が入った。

「急ぎ使者の選定に入らねばならぬのですまないが先に失礼する。ソニア殿、ごゆっくり」

アルグライヴの言葉にソニアはなんとか会釈を返したが、内心冷え固まっていくのを感じた。

（ジジィ、死んだのか）

わかっていたじゃないか。治療をやめれば遅かれ早かれ必ず死ぬと。今更だ。

ラルダメーラとジュエリナも急ぎ食べ終え、皇帝の手伝いへと向かった。ソニアは笑顔を貼り付けて適当に相槌《あいづち》を打ち、ダイニングを出た。

一緒に出たクラウディオが薄い笑みを浮かべてソニアに声をかけた。

「ソニア、どうしたの？」

「いや、なんでも……。あの、お父さんの治療って今してもいいですか？」

「それは大丈夫だと思うけど。一緒に行こうか」

クラウディオの先導で向かい、医師同席の下、治癒魔法を掛ける。

朝起きて、ご飯食べて、治療。

いつもの、エーリズでのルーティンだった。こなせば少し落ち着くかと思った。

（あぁ、無理だ）

それでも丁寧に治療をし、クラウディオと別れひとり部屋へ戻ると、聖女の制服が洗濯済みで置いであった。借りた綺麗なワンピースを脱ぎ、使い古した制服に袖を通した。

バルコニーに出て、遥《はる》かな地平を見つめた。舞い上がる髪をそのままに、膝をつき両掌《りょうて》を固く組み合わせる。

目を閉じて、祈った。


先王陛下の治療は宮廷筆頭聖女の担当だった。

若かりし頃の先王陛下は剣術に優れ、外交も上手くやり手であったと聞く。だが酒と女がやめられず、現王が成人する頃には、酒で内臓を壊しては治し、女が抱けぬと言えば治しを繰り返していたそうだ。

早々に退位し、王宮の奥で自堕落で享楽的な日々を過ごしていたという。せめてお酒の量を減らすよう、医者も聖女も宰相、息子達も言ったが、人の話は全く聞かなかった。

そんなある日、とうとう指が落ちた。前触れなく、唐突に。小指が一本変色してポトリと落ちた。

先王は背後にぴとりとつく死の気配に恐怖した。

今すぐ指をくっつけろ！　治せ！　命令だ！　出来ぬならお前を殺す!!　そう叫ぶ一方で、急に泣き出して命乞いするのだ。どうか助けて下さい、と。

前筆頭聖女が奮闘していなければ、もうとうに寿命を迎えているはずだった。彼女は言ったそうだ。

「彼が憐《あわ》れで仕方がないのよ」と。

だが前筆頭聖女にもいつか限界が来る。

そうして後継として目を付けたのがソニアだった。孤児で桁外れな魔力を持つソニアを手ずから育て、生命力を注ぐ治癒の方法を教え込んだのだ。

「ごめんねソニア。でもこんな事、他の聖女では魔力も足りないし頼めない。あなたしかいないの」

「いいよ。あたしがやってやる。だからババァは心配すんな」

先王はぼろぼろの体で、それでもお酒をやめなかった。前筆頭聖女は自分の生命力を毎日注いで彼女は先王の体を繫いだ。

前筆頭聖女が力尽きて、先王はやっとお酒をやめた。

途中、誰かがバルコニーを開けて背後に立った。だけどソニアは祈る事をやめなかった。

ソニアが宮廷筆頭聖女になった時にはもう、噂《うわさ》に聞いた面影なんか全然ない。先王はただ、死に怯《おび》える気の小さい爺さんだった。

治しても治しても、水が乾けば崩れてしまう泥だんごみたいな体を前に、いつ治療をやめたらいいのか。誰も教えてくれない。言ったら死んでしまうから。

ダラダラとそんな日々が三年も続いた。

先王の心はもう疲れ果てていたと思う。だけどソニアもまた「もうやめよう」と言い出せなかった。

前筆頭聖女との約束もあった。命令もあった。だけど一番は、自分の行動がこの男を殺す。その事実がとても恐ろしかった。

しばしば町へ降りて孤児院や治療院を回った。「ありがとう」と笑顔を向けられると、バラバラになりそうな心を繋ぎ止めることが出来た。

自分のしている事に意味がある、意味がない。絶妙な天秤《てんびん》のバランスは追い出された事で呆気《あっけ》なく傾いてしまった。

徒《いたずら》に苦しみを長引かせるだけで、意味などなかったのだと。


やっと目を開けると、既に夜の帳《とばり》が下り始めていた。一番星がきらりと存在を主張する。ソニアは語りかけた。

「楽になれてよかったなジジィ。ごめんな。あたしがきちんと引導を渡せなくて。でももう怖くないだろ？　前筆頭聖女《ババア》も待ってる。迷わず逝けよ」

「そうして祈っていると本当のシスターみたいだね」

「シスターと聖女は違う。人が聖女に縋《すが》るかぎり、聖女《あたし》は神を信じない」

ソニアが祈る間、声をかけず静かに見守り続けてくれた彼を振り返った。

既に室内に明かりが灯されていて、彼の顔は逆光になっていてよく見えなかった。

「クラウディオさんはもう知ってるんしょ？　あたしがどんな人間か。あんたが調べてないはずない。あたしは人の死を望んだ、そんな聖女だって。よくお父さんの治療なんて頼んだっスね」

皮肉めいた口調になってしまって自嘲した。

だって王宮を出た時、ホッとしたんだ。誰かの命令で追い出されたから、自分が殺したんじゃないって。大した抵抗もしなかったくせに。

最低なんだ。

わかっていたのに、軽蔑した目で見られたらと思うと心がざわつく。

「僕だってそれくらいはよくあるさ。とある貴族が毒殺される情報を掴んだけど、いない方が僕に都合がよかった為にその情報は見なかった事にした、とかね。……ああ、僕も神は信じてない。僕達は悪い奴って事で、お揃いだね」

クラウディオはゆっくりと歩を進めてソニアにふわりとストールをかけた。

揃いのアクセサリーを着けて照れるカップルのような微笑みを浮かべられて、ソニアは拍子抜けしてしまった。

「それに」

そう続けて、クラウディオはストール越しにソニアを抱き寄せた。そんなに強くはない。押し返せば抜け出せてしまうような、恐々《こわごわ》とした抱擁は拒むのを躊躇《ためら》わせる。

「最近、今すぐ閉じ込めてしまいたいくらい気になる娘がいるんだが、どうにも僕に好意を持ってくれなくて、ついつい意地悪してしまう。僕は本当に悪い奴だとつくづく思うよ」

弱々しい抱擁とは真逆のジョークに、ソニアの肩から力が抜けた。

ストール越しに伝わる体温と、ふわりと香る花の匂いに逆立っていた心を慰められた気分だ。

「は、それは……優しくした方がいいんじゃないスか？」

「優しいだけだと逃げられてしまう気がしてね」

そう言って体を離すと、クラウディオはソニアを見つめた。

溶けてしまいそうな、熱量の籠った目を向けられて、さすがのソニアも気がつく。

ときめきより戸惑いが大きく、目を逸《そ》らすと「ほらね」と言わんばかりのため息が降ってきた。

「～っ、温かいものが飲みたいよ！　ほら」

袖を人差し指と親指で摘《つま》んで引くと、抵抗なくついてくる。その事が妙にソニアの心をくすぐった。

＊＊＊

クラウディオはツンと遠慮がちに引かれる服の袖を見て、溢れ出る笑みを抑えきれず空いた手で隠した。

乱れた髪の隙間から、赤く染まる耳が見える。

(……かわいいな)

ソファまで来ると、ソニアは落ち着きを取り戻してしまったが、隣に座り一緒にお茶を飲む事を許してくれた。

真っ直ぐな色の薄い金の髪も、赤くなると薄く見えるそばかすも、細くて華奢《きゃしゃ》なその肩も愛らしい。

お茶を嚥下《えんげ》する首は細く、白目の少ないつぶらな瞳は小動物のようで庇護《ひご》欲を誘う。

「どこまで知ってるっスか？　あたしの事」

「どこまでだと思う？」

質問に質問で返すと、ソニアは鼻の上に皺《しわ》を刻みじとりと睨んでくる。

警戒するリスにどんぐりを渡すように、その唇に軽くドラジェを当てると、彼女は警戒無くパクりと口に入れた。

(不審に思っている相手から差し出されたものを、どうして口に入れちゃうかな)

口を閉じる瞬間、ソニアの唇がクラウディオの指先を掠《かす》める。癖になってしまいそうなその感触に、クラウディオはもうひとつドラジェを差し出す。

ソニアは再びパクリと口に入れて、カリコリと食べる。

「おいひぃ」

「良かった。はい、もうひとつ」

ソニアは幸せそうにパクリパクリと次々頬張る。その度に指先を食《は》まれる感触を楽しんでいたクラウディオと違い、ソニアは眠そうに目を擦り出した。

「眠い？　寝る？」

「もう一緒には寝ないっスよ……」

ソニアは頭を掻《か》くとふらりと立ち上がった。

「あーもう、エーリズにいる時はこんなに油断してなかったのになぁ……」

そう呟きベッドにぼすりと横になった。

リラックスしてもらえてる事に喜ぶべきか。油断されすぎている事に悲しむべきか。

逡巡している間にも寝息が聞こえてきてしまった。

「え、もう寝た？」

ベッドに近寄り、その顔にかかる髪を除《の》ける。

指先でつついても動かないその寝顔に、少しだけとその頬を撫《な》でる。滑らかな感触を堪能している
と、ふにゅりとその寝顔が緩んだ。

「このにおい……しゅき」

そして手の甲に鼻が擦り寄せられる。

すり、と甘えた仕草にクラウディオはピシリと固まった。

〝この匂い好き〟

(僕の匂いが好きだと、そう言った？)

波立つ欲望に任せて揺り起こしたい衝動に駆られる。

だが起こしたとして、その後自制が利くのか。

自問自答し、クラウディオは部屋から出る事を選んだ。

ソニアの客間の扉を閉めると、熱く重いため息が溢《こぼ》れた。

落ちていく。それはこんな感覚なのかもしれない。

「ああもう、警戒してくれよ……」

でもそういえば警戒心が薄いのは最初からだったな、と始めの頃を思い出す。

最初道端で見かけた時は、見間違いかと思って三度見した。宮廷聖女が路上治療してるなんて。

次の可能性として、制服を自作して「自称宮廷聖女」の詐欺師かと思った。しかし先を急ぐ今、中級以上の聖女はいると助かるのも事実だった。

テノラスでは聖女の能力に合わせて下級、中級、上級にランク分けしている。下級は骨折程度ならすぐに治せて、中級は切断、上級は欠損を補えるという基準だ。

上級以上はエーリズに管理されていて、他国に譲渡されることはまずない。だが中級の聖女はエーリズにいれば結構ゴロゴロ見かける。

道端で営業して自活出来るレベルなら中級か？　と思って声をかけた。

声をかけて、力が抜けた。あんまりにも礼儀作法がなってなくて。言葉は雑だし、食べ物を口ぱんぱんに詰め込むし。聖女は下級といえどある程度の礼儀作法を国から教育されているはずだ。

声をかけるとすぐさま来てくれる事になり、やっぱり自称聖女のたかりかな、とクラウディオの期待値は下がった。

しかし道中、馬四頭に一気に治癒魔法をかけるという離れ技を披露した。胡散臭くソニアを見ていたロハンでさえ、呆気に取られる離れ業だった。

上級の聖女でも治癒魔法を使う時は対象に手を触れていないと使えないと聞いていたのに。

(まさか、本物の宮廷聖女!?)

宮廷聖女は上級の中でも、更に広範囲魔法が使えるほど魔力が高いらしい。外交で宮廷を訪れても滅多にお目にかかれない貴重な存在だ。エーリズでも数人しかいないと聞いた事がある。

初日、ソニアが馬車の中で眠りについてから、クラウディオは通信の魔導具で間者に指令を出した。

「宮廷聖女ソニア」について調べて来い、と。


次の日もソニアは相変わらずの体《てい》で、無遠慮な喋り方もクラウディオの方が慣れてきてしまった。

これで態度も無遠慮だったなら、多少の苛立《いらだ》ちを伴ったかもしれないが、その態度は寄り添いつつも一定以上は踏み込んで来ないと一貫していた。

「ジャーキーが好き」なんて相手に合わせた隙を見せても、好意がある風に接しても態度が変わらなかった。

（おかしいな。大体の女性は意外な一面とか見せると「自分は彼にとって特別かも」とか自惚《うぬぼ》れだしてペラペラ喋ってくれるんだけどな）

自分がソニアの好みのタイプじゃないのかと思いもしたが、ロハンにも同じ態度なのでこういう娘なのだろうと思う。

更に驚いた事に、ソニアの治癒魔法は馬四頭にプラスしてクラウディオや馬車の中にいたロハンにまで届くほど強力だった。

彼女がどこにも所属していないのなら、是非自国に連れ帰りたい。そう思うのに時間はかからなかった。

そんな打算の上で優しくしたが、洗浄魔法だけは本当に申し訳なかったと思う。便利なのに普段女性が使わない理由がよくわかった。

ソニアの細い脚と、うっかり下着まで目に入ってしまったのだから。

だがソニアは全く動揺しなかった。犬にパンツを見られた女性だってもうちょっと恥じらうと思う。

女性からされる犬以下の対応に、クラウディオは生まれて初めての衝撃を覚えたのである。


三日目になり、クラウディオはソニアの一挙手一投足が気になり始めていた。

初めて遭遇する生物に対しての興味だと思うが、こちらから距離を詰めても詰めても縮まった気がしない。クラウディオに興味を持ってくれない。

ロハンにも変わらず概《おおむ》ね同じ態度だ。

だけどクラウディオはソニアに対して好感を抱く事が増えていった。

魔導燈の事もそのひとつだ。

実は魔導燈を国中に普及させたのはクラウディオだった。有用性や火災の減少、夜間の事故や人攫《さら》いの不安解消など、色んな角度から検証し、予算をもぎ取ったのだ。八年前に初めて担当した大きい案件だった。

その事に気づいてもらえたのが殊《こと》の外《ほか》嬉しく、上機嫌になってしまった。

だが、ホテルでソニアがバスルームを使っている間に来た報告で、流石のクラウディオもフリーズする程驚いた。

「本物の、筆頭聖女？」

「え、本当ですか？　やはりあの強い治癒魔法はエーリズの中でも最上位だったのですね」

ロハンが言うように、クラウディオも薄々ソニアの魔法の強さが気になってはいた。

表向きの、クラウディオが会ったことのある筆頭聖女は侯爵家出身のフィリスという女だった。美人だが高飛車で、図々しい事を当然のように要求するいけすかない令嬢だった。

外交の席で唯一顔を出す上級聖女で、クラウディオも夜会で何度かダンスの相手をさせられた事があるし、なんなら護衛として側にいたロハンも絡まれた事がある。

侯爵家の権力だけで筆頭面《づら》は出来ない。その背後を考えなければいけないのに、すぐ出てきたのは「嘘だろう？　何故？」そんな気持ちだった。

（もしかして、エーリズに帰さなければいけない？）

「嫌だ」と思い、そう思った自分に驚く。それほどまでに彼女を気に入ってしまったのかと。

そうなってくると、口ぱんぱんに食べ物を詰め込むのもリスのようで可愛く思えてくる。

手放したくない。帰したくない。

そんな想いで迫ってみたけど、ソニアは真っ赤になるだけで、決して落ちて来てくれない。

馬車に乗った時もそうだったけど、列車に乗ってもソニアは窓の外遠くを見つめるばかりだった。用がなければクラウディオの方を見る事はない。

騙し討ちみたいに連れ出してしまった事を本当は気にしているのか、実はやっぱり帰りたいのか。

クラウディオはひとりやきもきしながら書類に目を通していた。

午後になり、窓際でソニアが寝てしまったタイミングで、間者から追加の情報がもたらされた。

どうやらソニアを追い出したのは、王命のようだった。

エーリズ先王が長いこと臥《ふ》せっているのは周辺国の知るところだが、どうやらその状態は相当悪い。いや生きているのが不思議な程らしい。

その状態で我儘《わがまま》を聞きながら生きながらえさせているのは予算の無駄だ、とエーリズ現王は言ったそうだ。

本当は前筆頭聖女が亡くなった時点で先王を処分するはずだったのだが、前筆頭聖女が次期筆頭聖女としてソニアに治療法を教え、引き継ぎしてしまった。

その治療法というのが、魔力のみならず自身の生命力を相手に移すという信じられない方法だった。

(そんな方法を十五歳の少女に強要するなんて、前筆頭聖女と先王は害悪だな。ソニアをエーリズに帰す気は微塵《みじん》もなくなった。ソニアを追い出してくれたエーリズ現王にはお礼を言いたいくらいだ。

……着の身着のままでなければ、だけどな)

多分そうして追い出して、間を置いてから拾い上げるつもりだったのだろう。恩を売り、後ろ暗い仕事をさせるのは権力者の常套《じょうとう》手段だ。

その目的の過程で現王のお眼鏡により選ばれた建前筆頭聖女がフィリスというわけだ。宮廷聖女の輩出により力をつけ始めた侯爵は利権に目が眩《くら》み御し易く、娘も頭がいいようには見えない。

(利用も切り捨てもしやすい者を選んだか。エーリズ現王は相当強欲だな。聖女を駒のように扱いすぎる)

クラウディオがソニアを気に入っていることはいずれエーリズにも伝わるだろう。

その時、絶対返さなくていいよう先手を打たねば。

全ての情報を先に皇宮に報《しら》せておき、ソニアの事も許可を取る。

クラウディオは一通りの作業を終えると、列車が揺れる度に「んごっ」「んごっ」と言いながら寝続けるソニアに目元を綻《ほころ》ばせた。


城に着くとソニアは態度を改めてしまい、クラウディオは密かに驚き、そして距離がますます開いてしまったことで落ち込んだ。

道中もそうだった。聖女としてのソニアはとても美しい。へらへらしているのが嘘みたいに、静謐で厳かで惹《ひ》きつけられる。

いつもなら魔法を使い終えると、その空気も霧散するのだが、城ではそんな事もない。

ソニアは治療に対して非常に誠実だった。

それをなんだか遠い存在のように感じてしまったのは勝手なことだと理解はしていた。だけど寂しい気持ちは仕方がない。

気持ちを割り切って、ソニアに少しエーリズの話をしておこうかと部屋に呼んでおいた。

だがクラウディオが部屋に戻ると爆睡していた。

可愛い寝顔で己のベッドを占領し、あまつさえクラウディオの枕を抱きしめて頬擦りしているのを見てしまったら。

（くっ。待って。かわいいなクソ）

先ほど少し遠くに感じてしまった事も相まって、ときめくなと言うのは無理がある。

爆発しそうになる気持ちを誤魔化《ごまか》すあまり、小さくて可愛い靴を隠すという意地悪をしてしまった。

その後ガチ悲鳴をいただいて、ソニアが思う百倍はショックを受けた事は言うまでも無い。

次の日、朝食の席でエーリズ先王崩御の知らせが届いた。

ソニアの治療が受けられなくなってから、意外と粘ったと思う。

これでソニアも気掛かりが無くなってスッキリするんじゃないかと思っていた。

だがそれは汚れ仕事をこなしすぎたクラウディオの感覚だった。

ソニアは口角を上げただけの顔を貼り付けて、必死に取り繕って、いつものように振る舞おうとしていた。

部屋へ戻るなりエーリズの聖女服に身を包み、彼女は風が吹きつけるバルコニーで長い事祈り始めた。

髪やスカートがはためくなか、その細い肩は微動だにしない。

小さく頼りないのにブレないその姿勢はソニアのひたむきな心そのもののようで、クラウディオの胸はぎゅっと苦しくなった。

（ソニアは傷ついていたのか。治しても治しても終わらぬ治療に、意義を見出せず放り出す事もできず。……地獄のようであったのだろう）

やめた事を誰も責めはしないというのに。

彼女は神を信じないと言う。

それはそうだ。

彼女の前では怪我人も病人もその家族も神に助けを祈ったりしないだろう。誰も彼も彼女に手を伸ばし乞い願い、彼女は助けてと伸ばされた手を払えない。

そうしてソニアは相手に莫大な魔力をふるうのだ。寿命すら捻《ね》じ曲《ま》げる程のその治癒力を。

(ソニアが出来ないならば、僕が代わりに打ち払おう。彼女に伸ばされる不条理を)


それからクラウディオはエーリズに対してソニアを保護した旨を敢えて伝えた。先手を取る為だ。

エーリズは当然のように返還を要求してきたが、ソニア本人が望んでない事、既にテノラス皇帝が後ろ盾になった事を理由に、要求を突っぱねた。

その上で幾つかの魔導具の要求に応えることで、この件は一区切りつけた。これ以上何か言ってきた時はこちらも考えがあると。

強引で一方的ではあったが、聖女を対価に使うエーリズには妥当な取引だったと思う。後は他国から上級聖女を囲った事についてのアレコレがあるかもしれないが、それは追々対策しよう。

(まずはゆっくり時間をかけてソニアを口説《くど》きたい)

クラウディオはとてもソニアに見せられない悪い笑顔を浮かべるのだった。

＊＊＊

先帝の治療開始から一週間。

先帝が横になったベッドのかたわらに膝をつき、その手に触れて最後の治癒魔法をかけた。

小さく残っていた病巣が綺麗に消えるのを確認して、ソニアは手を離す。

落ちてしまった体重に関しては魔法では戻せないので、後は食事療法で元気にするしかない。そうすればこけた頬や残った隈《くま》も徐々に消えていくであろう。

ソニアの城での役目は終わったのだ。

先帝の前を辞する時、ソニアは初めて声をかけられた。

「此度《こたび》の事、大義で、あった」

声を出すのはしばらくぶりなのだろう。しゃがれ、掠れた声だった。側では皇太后が目元をハンカチでそっと押さえている。

先帝が手を挙げると、控えていた医者と皇太后の二人で先帝の体を起こして、背中にクッションを挟み込んだ。

「また、起き上がれるとはな。……感謝する」

「そんな、勿体ないお言葉でございます」

無難に答え、お辞儀をした。

もうちょっと気の利いた事も言いたかったが、いかんせん語彙《ごい》力が低い。

だけど起き上がり、話す事が出来るようになった患者を見て、口の端がうにっと上がるのを感じた。嬉しい。それはソニアの心の深い所をちょっと癒した。

「何か、褒美を、取らせよう」

もう十分返してもらった気分だが、遠慮することは不敬になる。ソニアは少し考えて、ではと続けた。

「城下町に住んでもいいですか？」


ソニアが借りている部屋へ戻ると、ローテーブルの上に畳んだ白い服が並んでいた。一枚広げてみると、それは白いシスター服。つまり聖女の制服だった。

エーリズ宮廷の制服より肌触りの良い生地で作られていて、襟掛の端とスカートの裾、それと袖周りに紫色の花の刺繍《ししゅう》が入っている。葉と枝の部分は銀糸で、角度を変えるときらりと光る。

そんな上等な聖女服が五着もあった。

部屋に来たメイドに服の委細を聞くと、この度の治療のお礼の一環だと説明された。

今までのそっけない制服と比べるべくもなくかわいい。

ソニアは気に入り、すぐに着替えた。

脱いだ制服を見返すと、所々黄ばみや旅の途中についたのだろう、落ちきらない泥汚れの跡がある。

綺麗に畳んでから、一度ぎゅっと抱きしめた。

楽しい思い出なんか殆ど無い。

だけど頑張っている間、ずっと着ていた服だ。ずっと一緒に過ごしてきた服だ。

「今までありがと。バイバイ」

草臥《くたび》れたエーリズ宮廷の制服は、処分する事にした。

三章✧新しい生活

城下町暮らしの準備を、先帝は最速で手配してくれたらしい。次の日には鍵と住所を渡された。

城で貰《もら》った新しい聖女服、用意してくれた普段用ワンピース、下着とここまでの旅の道中で馬に使った治癒《ちゆ》魔法の報酬をトランクに詰めて、ソニアは渡された住所へひとりでやってきた。

「ここ？　え？　ここ？」

メモと目の前に建つ家とを視線で五往復くらいする。

ちょっと稼ぎのいい平民が家族で住むような、庭付きの一軒家だった。

ひとりで住むにはデカくないか？　と先に貰った鍵を差し込むとガチャリと開いた。合っているらしい。

「おじゃまするッス～……」

好きに使っていい、と渡された家なのだが、家を持つなど初めてでドキドキわくわくしながら玄関を開けた。

中は綺麗《きれい》に掃除されていて、家具やカーテンも付いていてすぐ住めるようになっている。入ってすぐ横はキッチンになっていて、ダイニング、リビング、サンルーム、庭と続く。冷蔵箱、洗濯箱なる魔導具が完備してあり、ひとりで生活するのにも困らなそうだ。すごい。

寝室は二階か、と階段のある玄関先に戻ってきた時、ガチャッと玄関扉が開いて驚きに飛び上がった。

「わっ⁉」

「ソニア、家に入ったら鍵を閉めなきゃだめだよ」

「なっ、なっ、なんで……⁉」

当然のようにクラウディオが入ってきて、玄関に鍵をかけた。服装は平民が着るような艶《つや》のない綿シャツに丈の長いジレを羽織っていて、手にはソニアが持つものより二回りくらい大きなトランクを引いている。

「ソニアに護衛を付けなければいけないんだが、どこの馬の骨ともわからぬ男を住み込ませるわけにはいかないからね。僕がソニアの護衛になるよ」

「はあ⁉　護衛なんていらないっス‼」

「……ソニア、何度も言うけどね。エーリズ以外では聖女は珍しく貴重な存在なんだ。特に元筆頭聖女なんて攫《さら》ってでも欲しい国は沢山《たくさん》あるんだよ。護衛の同居が嫌なら城へ連れ帰るよ」

クラウディオの紫の瞳《ひとみ》が心配そうに細められて、ソニアは言葉に詰まった。

「選んで。城で暮らすか、ここで僕と二人暮らしするか」

「言い方！」

ソニアは脱力して、二階へ上がった。拒否されなかった事に機嫌をよくしたクラウディオが一緒に二階へ上がってくる。

二階は廊下を挟んで左に大きい主寝室、右に寝室ふた部屋、突き当たりに小さい書斎のような部屋があった。

主寝室を開けた時にクラウディオから「一緒に使う？」と聞かれたので「ひとりでどーぞ」と返した。

クラウディオはそのまま入っていったから、本当にひとりで使う気らしい。

ソニアは階段寄りの寝室を使う事にした。作り付けの棚やクローゼットがあり、ベッドは小さいながらもふかふかで申し分ない。

荷物は少なく、一時間もせずに片付けは終わった。

キッチンへ降り、足りないものはないかと確認するが、カトラリー一式、皿も鍋も一通りある。

「食べ物くらいか」

特にやることがないなら町へ行きたい。そう思うと、タイミングよくクラウディオが二階から降りてきた。

「ソニアこれ、渡しておくよ」

「？　なんスか？」

手渡された封書を広げると、〝露店営業許可証〟とあった。

「営業する時は必ず持参してね」

「ありがとっス!!」

嬉《うれ》しさ全開でお礼を言うと、クラウディオは眉尻を下げてソニアの頭をぽんぽん撫《な》でた。

「……なんスか」

「かわいいなぁと思って」

ソニアはくっ、とうめき声を上げて後ろを向く。

背後からクラウディオがクスリと笑う声がして、ソニアは照れを紛らわせて玄関に向かった。

「どこか行くの？」

「パン買いに行くっス。折角だからついでに簡易治療所したいし」

たった半日だが、エーリズの街角で治療した時はとても楽しかった。是非ともまたやりたいと思っていたのだ。

それでお金が手に入ったらパンを買おう。なんて達成感の湧く事だろう。そうしよう。

浮き足立ったソニアの肩をクラウディオが止める。

「わかった。一緒に行くから少しだけ待ってて。書類をちょっと持っていくよ」

「ひとりでもいっスよ」

「ひとりなら行かせないけど？」

その完璧な笑みにソニアは黙った。口答えするとてもまずい気がする。コレはそういう笑顔だとソニアは学んだのだ。

クラウディオを待って玄関から飛び出すと、見覚えのある茶金の髪が塀の向こうで揺れた気がしたが、門から出た時には誰もいなかった。

(……自称護衛《クラウディオさん》の護衛って事かな)

気にすると向こうも気まずいやつだ。それに早く新しく住む町を見て歩きたい。

ソニアは足取り軽く人通りの多いストリートを物色していく。

春の日差しは暖かく、通りを行く人は笑顔だ。

道沿いの家には花壇が多く、ふわりと甘い香りがそっちこっちから匂ってくる。その芳香を放つ紫色の花が、聖女服に刺繍《ししゅう》されている花だと気がついた。

「クラウディオさん。あの花なんて名前なんスか？　植えている家が多いスね。あ、道端の花壇にもある。大きく育つと木みたいだなぁ」

「ん？　ああ、ジュスティラか。あれはテノラスの国花だよ。初代皇帝が品種改良して妃《きさき》に捧《ささ》げたと言われている。紫色のジャスミンさ」

「へー、良い匂い。ジャスミン程甘くなくて爽やかで……あ」

チラリとクラウディオを見上げる。

(どっかで嗅いだ事あるなぁと思ったけど、これクラウディオさんの香水の匂いに似てるんだわ)

急に言葉を切った事でクラウディオは首を傾《かし》げた。

「何？」

「……なんでもねっス」

好きな匂いだと言うのは、なんとなく気恥ずかしかった。

そのまま町の中心にある広場へ行った。

広場の周りには飲食店が並ぶ。その内一軒のカフェテラス近くに、ソニアは以前のように文字を書いた木箱を看板代わりに構えた。

そのすぐ横の一番ソニアに近いテーブルにクラウディオは座った。

書類を広げつつも視界の端にソニアを捉える。

ソニアは通りを歩きゆく人々を見回してから息を吸う。

「簡易治療所、一回千シェル！　聖女の治療はいかがっスか～！」

明るく声を張り上げると、近くを通った人が振り返った。

「治療いかがっスか～？　安いっスよ～」

振り返った人に声をかけてみるも、そのまま行ってしまう。

それでもソニアは笑顔でのんびり声がけをした。

「そこの兄ちゃん、左肘が痛そうだね～。治療どっスか～？」

「お、そこの奥さん、お腹《なか》痛いでしょ？　安いよ～」

「あ！　そこの君！　虫歯治していきなよ！」

ソニアは道ゆく人の魔力の歪《ゆが》みを的確に指摘して呼びかけてみる。

深い内臓の疾患はきちんと手を取って魔力を流してみないと正確な診断は出来ない。だが外傷やちょっとした体調不良は、悪い所の魔力が陽炎《かげろう》のように揺らぐので見ればわかってしまうのだ。

そんな聖女診断の呼び込みの結果、一様に気持ち悪いモノを見る目で一瞥《いちべつ》され、みな足早に過ぎ去っていく。

(はて？　忙しいんかな？)

それでも暗い閉塞的な部屋ではなく、気持ち良い青空の下にいることだけで嬉しい。

ソニアは全然気にせず笑顔で呼び込みを続けるが、一時間が経《た》つ頃《ころ》、見兼ねたクラウディオがとう声をかけた。

「ソニア！」

振り返って首を傾げると、手招きされる。

「なんスか？」

小走りで近づくと、クラウディオが立って椅子を引いてくれた。

「ちょっと座って休憩して。ほらこのカフェはチーズのパンがお薦めなんだって」

目の前にジュースと表面がカリッと焼けたチーズパンを用意されたら、勿論《もちろん》食べるの一択だ。

「いただきまーす！」

「で、食べながら聞いて欲しいんだけど」

「ふぐ？」

中の生地はもちもちで食《た》べ応《ごた》えがある。塩味の強いチーズだが、生地がほんのり甘くてハーモニーが癖になるパンだ。

「テノラスで聖女というのはね、今現在十八人しかいない。うち十人は帝都のテノラス国立病院にて、一年待ちの予約が組まれていてそうそうお目にかかれない。残りの八人もそれぞれ東西南北の辺境へ派遣されているんだ。それは国民の知るところで、こんな街中で『聖女です』と名乗りを挙げられても不審者にしか見えないんだよ」

「へー」

なるほどなるほど。ソニアはうんうん頷《うなず》いてジュースを飲んだ。さっぱりしたオレンジジュースは少々酸味強めの好きな味。

「だから最初は国立病院で周知を……」

「よーし！　つまりあたしの実力が不安って事っスよね？　お城で貰った報酬でまだ懐に余裕もあるし……今日は無料キャンペーンにするっス～！」

「何故《なぜ》そうなる!?」

「ふん？」

ソニアはこてっと首を傾げる。するとクラウディオの向こう側、カフェの壁に手を突き蹲《うずくま》る人影が見えた。

「ちょっと行くっス」

「ソニア？」

駆け足で近寄ると、それは初老の女性だった。足元に籠が落ちているので、買い物の途中だったのかもしれない。ぎゅっと目をつむり脂汗を浮かべている。

「ばーちゃん大丈夫？　話せる？」

ソニアの声かけに、女性は薄っすらと目を開けた。

「お、お腹が……」

「腹痛いんだね。触るよ？」

女性が小さく頷くのを確認してから手を取った。もう片手で背中をさすりながら、治癒魔法を流し込む。

「大丈夫、大丈夫。すぐ治るよー」

女性の腹部が淡く光った。ソニアは魔力を女性の体内で一巡させ病巣が無くなった事を確認する。

女性は瞬《また》いてから、ゆっくり顔を上げてソニアを視界に捉えた。呆然《ぼうぜん》と上から下まで視線を巡らせて、再び顔を見る。

ソニアは歯を見せてイヒッと笑った。

「もう大丈夫っしょ？」

「ええ、ありがとう……聖女様」

「うん。病気治すのに体力使ったから疲れたっしょ。送るよー」

女性はソニアに手を借りて立ち上がる。少しふらついたが、女性はゆっくり首を横に振った。

「家は近いの。この通りの向こうの青果店だから。ああでも、やっぱり一緒に来て。御礼がしたいわ」

「今日は無料キャンペーンなんス」

「なぁにそれ？　今日はとっても美味《おい》しい苺《いちご》があるのよ。是非来て」

「行くっス！」

いっちご～、と女性の後ろについて行こうとして、クラウディオの存在を思い出した。

「連れも一緒でいっスか？」

「いいわよ。貴女《あなた》の背後《うしろ》の男前でしょ？　大歓迎よ」

「へえ？」

ソニアが振り返ると、当然のようにクラウディオが立っていた。腕組みした尊大な態度とは裏腹にその表情は大変微妙で、例えるなら迷子を心配する母だ。

「ソニア。たとえパンをくれるって言われても、知らない人について行ってはいけないんだよ？」

「悪い奴にはついて行かないっス」

クラウディオはにこにこ笑う青果店の奥さんを見てからため息をついた。その返事だとまるで、知らない人でも悪い人じゃなさそうならついて行くって聞こえる。

自分がこの国に連れて来た事など棚上げして小言を繰り出そうとしたが、ソニアが手を握ってきて、言葉を呑《の》み込んだ。

ソニアは無邪気に手を引く。

「ほらほら、苺が待ってるっス～」

「人の気も知らないで、この娘は……」

クラウディオの吐いた悪態は誰にも聞かれず、爽やかな青空に溶けていった。

その後、治療した女性と青果店へ行き、苺をご馳走《ちそう》になりつつ、不審な目を向けてくる店主の腰痛を治した。息子夫婦や孫とも顔見知りになり、お土産《みやげ》に果物を沢山貰ってしまった。

帰り道に閉店間際のパン屋に駆け込み、屋台でクラウディオと各々《おのおの》好みのお惣菜《そうざい》を買って帰宅した。

ソニアは玄関前で鍵を取り出して、にへらと笑う。家があるというのは、思っていた以上に嬉しいものだと知った。

「たっだいま～！」

買った物や貰った荷物をダイニングテーブルに載せて、今食べないフルーツはパントリーのストッカーに仕舞う。

クラウディオがグラスとお皿を用意してくれたので、片付けが済んでからソニアもお惣菜を並べるのを手伝った。まだあったかいお惣菜はいい匂いがする。

「クラウディオさんは何買ったんスか？」

「ん？　チリペッパーの牛炒めと緑胡椒《グリーンペッパー》ソーセージ」

「初めて聞く料理……」

「列車が走るようになってから、南部のスパイスが安価で入ってくるようになってね。テノラス帝都でも流行《はや》り出したのはここ一年くらいかな。美味しいよ、辛くて」

「辛い……ラディッシュみたいな？」

「うーん、ちょっと辛いの種類が違うというか。食べてみる？」

クラウディオはソーセージの端にフォークを指してソニアの鼻先に差し出す。

「苦手かもしれないから端っこ少しだけかじ、あ」

クラウディオが話している途中で、ソニアは大口を開けてソーセージにかぶりついた。ソーセージから漂う香ばしい匂いについつい、掌《てのひら》の縦の長さ程もあるソーセージの半分が消える。

ソニアはもっぐもっぐ咀嚼《そしゃく》を始めるが、段々勢いがなくなり、一点を見つめ出す。顔が赤くなり、目に涙が溜《た》まってきた。様子がおかしい。

「ああ、ほら。ここにぺってしなさい」

すぐ気がついたクラウディオが、フォークを置いて両手で器を作って差し出すも、ソニアは涙目で首を振り頑張《がんば》って飲み込んだ。

「孤児たる者、口に入れたら死んでも出さない……っていたたあぁあ！　痛いっス‼　香ばしいいい匂いで誘っておいて、痛くて味が無いなんて恐ろしい食べ物っス」

クラウディオがグラスに魔法で水を満たして手渡すと、ソニアは一気に呷《あお》った。

そんなに辛い物だったかなぁ？　とクラウディオは残りのソーセージを齧《かじ》る。

「うーん、中辛くらいだと思うんだけど」

そうコメントすると、ソニアは幽霊にでも遭遇したようなアンビリバボーな顔でクラウディオを見た。

「……超人？」

「いや普通だよ。さてはソニア、辛い物が嫌いだな？」

「嫌いじゃないっス。……好きじゃないけど」

「はいはい。それでソニアは何を買ったの？」

「野菜のトマト煮っス～」

調子を戻したソニアが器の蓋を開ける。中を見て動きを止めた。

「…………トマト煮？」

クラウディオも横から見る。煮込まれた野菜にべとりと纏《まと》わりつく赤い色はトマトとは明らかに違う。何より器からスパイス特有の刺激的な匂いが立ち昇る。

「トマトにしては随分赤いね。僕が味見しようか？」

「お願いするっス……」

初日、ソニアは屋台の洗礼を受けた。次こそ当たりの屋台を見つけるんだ！　と夕飯の食パンをそれはそれは美味しそうに頬張った。

＊＊＊

ザアァァァー……。

(どうして)

響く水音にクラウディオは頭を抱えた。

初めて住む民家に「さては欠陥住宅か？」と訝《いぶか》しむ。

安息の地を求めて庭に出るも、響く水音はクラウディオを逃さなかった。

(どうして、どこにいてもシャワーの音が聴こえてくるんだ。民家ってこれが普通なの？　え、毎日これ？)

終《しま》いにはソニアの調子っぱずれの鼻歌が聞こえてくる。ご機嫌である。

父から、ソニアが報酬に下町に住む事を望んだと聞いて、手配したのは勿論クラウディオだ。

街に近く、城からもさほど遠くなくて、二人で住める広さがあり、と条件を詰めてぴったりの家を用意した。周りの家も全て買い取り、既に騎士夫婦や騎士家族、隠密夫婦など護衛の人員を住まわせている。

抜かりはない。そう思っていたのに。

「お風呂サイコー！」

夜闇に響く無邪気な声は、こちらをじわりと追い詰めてくる。

「はあぁぁ」

空を仰ぎ、額を押さえる。

初日、クラウディオは庶民生活の普通を身を以て体験し、明日からこの時間をどう過ごすのか、真剣に悩み始めた。

＊＊＊

『あああぁぁ――――！！！』

石灰が塗られた白く美しい王宮聖女寮。

貴族並みのマナー教育を受けていて、楚々《そそ》とした聖女が行き交うその一室に、そぐわぬ叫び声が響いた。

部屋の主である、筆頭聖女のメリッサがぎくりと両肩を跳ね上げる。

『ソ、ソニア……』

恐る恐る振り返るその手には四肢を突っ張るように伸ばした子猫が「にーにー」と鳴き声をあげていた。

『ババァ!! あんた、また拾ったな!?』

『だ、だって見て頂戴？ ほらあばらがこんなに浮いて』

ソニアの目の前に猫が突き出される。

ソニアが筆頭聖女の下について早一年。たったそれだけだが、その間メリッサは犬、子犬、猫、犬と四回も拾って来た。子犬は兎《と》も角《かく》、他はいずれも骨と皮のような見た目の年寄りだった。治癒魔法を掛けても減りゆく命は止められず、三回程見送った。安らかな最期だったのは救いだ。

今回連れてきた茶斑《まだ》ら色の子猫は確かにガリガリだ。毛もべとつきガビガビしている。だが突っ張った足からは薄く鋭い爪が覗《のぞ》き、子猫の気の強さが見て取れた。十分に元気だと思う。

『馬っ鹿じゃねーの!? 大丈夫だよ！ 親のいないガキなんて猫も犬も人もこんなもんだよ！ 捨ててこい!!』

『ソニア……貴女もこんな苦労を……』

『泣くな、鬱陶《うっとう》しい！　捨ててこい!!』

　メリッサは涙ぐみながら、子猫をミルクの入った皿の前に下ろした。皺《しわ》のある柔らかい手は、既に子猫の爪により切り傷だらけだった。

『意地悪ぅ……』

『るせぇ！　毛が飛ぶだ臭ぇだメイドからネチネチ言われんのはあたしなの！　前の子犬ん時だってそうだ！　世話して飼い主見つけて来たの、あたし！』

『私もやるわよ？』

『ざけんな！　あんたうんこ踏んで滑って転んだだけで、片付けたの、あたし!!』

　ソニアがビシィッと自分を親指で指すと、ち――……と嫌な音がした。

『あら、ラグが』

『だあああぁぁ、もおおぉぉ!!』

　ソニアはテーブルやミルク皿をどけて、ラグを丸めて肩に担ぎ上げる。

『洗濯してくる。戻るまでに捨てておけよ。そんで手当てしとけ。……あんたの怪我は、治せない』

『ありがとうソニア。……ごめんね』

『あんたはもっと見捨てればいい。色々と』

＊＊＊

カーテンの隙間から日差しが差し込むベッドの上で、ソニアは静かに目を開けた。

くあ、と欠伸《あくび》をして起き上がる。乱れた髪を更にボリボリ掻《か》いて、ぼんやりと部屋の壁を見つめた。

(懐かしい夢だったな)

宮廷聖女になってたった半年で、ソニアはメリッサ付きになった。きっかけは単純で、ソニアがガリガリに痩せていたから。「ちょっとお部屋で一緒にお菓子食べない?」なんて声をかけられてホイホイついて行ってしまったのだ。今思えばあの拾われた犬猫と同じように見えたのだろう。

その後部屋でソニアの魔力が高い事が分かると、すぐに筆頭の元で勉強する事になった。

(ほーんと、夢でもクソババァ)

へへっ、と笑ってベッドから出た。


一階に降りて顔を洗ってから、洗濯箱に洗剤と洗濯物をポイポイ入れてスイッチを押す。これで一時間もせずに洗濯が終わるというのだから感動しかない。

キッチンへ入ると、既にクラウディオが立っていた。ロング丈のサロンエプロンがスタイルの良さを際立てている。

「おはようソニア。朝ごはん食べる?」

にこっ、と微笑《ほほえ》まれてソニアは思いきり目を眇《すが》めた。朝から目が痛くなりそうな眩《まばゆ》さだ。

「……おはよう。貰うっス」

それまで料理などした事がなかったクラウディオだが、引っ越して三日目から調理スキルがグングンと上がっていった。たった十日で、焼き、煮込み、スープなど、次々作れるようになり、三週間経った今ではカフェでも開けそうな腕前だ。

更にソニアの好きなビネガー多めのサウザンドレッシングの分量を覚え、朝に度々出してくれている。

今日もソニアの好きなパン屋のクーペに、蒸し鶏とソニアの好きな野菜をたっぷり挟んで、サウザンドレッシングで味付けしたサンドイッチを用意された。

「イタダキマス……」

「はい、どうぞ」

クラウディオも対面に座り一緒に食べ始める。

ソースや挟んだ野菜がボタタッと落ちるソニアと違い、食べこぼし無く綺麗な所作で食べている。何故中身が落ちないんだろう。

(おかしい……)

この人、皇弟だった気がする。こんな所で料理してていいのだろうか。

じっと見つめすぎたのか、クラウディオが微笑み、ソニアに手を伸ばした。親指がソニアの口の端を拭う。クラウディオはその指をぺろりと舐《な》めた。

「ソースついてる」

ふ、と眉を下げて一層目元を緩めた顔を向けられて、ソニアは目を見開いた。下っ腹に力を入れてないと、そのまま額をテーブルに打ちつけてしまいたくなる。

クラウディオは何事も無かったように再び食べ出したので、ソニアも何とか動き出した。

(うわ～びっくりした)

最近クラウディオの笑みが甘い気がする。少なくとも出会ったばかりの頃のように、探る目を向けてくる事はなくなった。裏表の無い扱いは慣れていないので、戸惑う事が多い。

先に食べ終えたクラウディオは「ごめんね」と一言断ってから書類を見出した。

ここに来てからもクラウディオはきちんと宮廷の仕事をしている。毎日秘書や側近が来ては書類が行き来している。ソニアも何人かは名前と顔を覚えた。

涼しい顔でこなしているけど、日中ソニアが街へ出ると必ずついてくる。体は大丈夫なのだろうか。

「ちゃんと寝てるっスか？」

「んー、まぁね」

ソニアはジトッとクラウディオを見た。首から肩にかけて、それと目の辺りが揺らいで見える。疲れている人、寝不足の人によく見られる症状だ。

書類を持つクラウディオの手に指先をそっと当てた。

「体調面であたしにウソ言うなんて百年早い」

触れなくても治せるが、やはり触れている方が相手の体調がより良く分かるし、魔力の効率もいい。

(体内に悪いところはなし。疲労自体は簡単に治るけどそもそも寝不足を解消しないと、またすぐ溜まるな)

さっと診察して癒す。手を離そうとしたら、クラウディオのもう片方の手で上から押さえられてしまった。

視線を上げると、目が合う。蕩《とろ》けた甘い紫の瞳は、ジュスティラの花を思い出す。

「ありがとう」

クラウディオはそう言って手を離した。

一瞬の事だったのに、ソニアは鼓動が強くなるのを自覚した。最近時々出る症状だ。

熱の残る手をぎこちなく胸元に引き戻す。

「いいから、寝ろ」

動揺でぶっきらぼうな口調になってしまった。近頃はマシになっていたのに。久々に昔の夢なんて見たからだろうか。

クラウディオは瞬いてから、くすっと笑みを溢《こぼ》した。

「ソニア、耳が真っ赤だよ」

「う、うるせえ……っス」

(ああ～もーなんだよコレ)

部屋の端から端へ、もんどり打ちながら転がってしまいたい。そんな衝動をサンドイッチと一緒に飲み込んだ。


クラウディオの皿洗いの申し出を断り、ソニアが洗ってから、洗濯物を庭に干す。不思議な事に、クラウディオの服を洗う事はあっても、未だ下着が洗濯に出された事はない。

（部屋に溜め込んでは、ないよね？）

一緒に生活するうちに、ソニアは洗濯を担当するようになった。クラウディオが料理をしだしたから、洗濯は自分が、という流れだ。

実をいうとソニアは、掃除洗濯は出来ても料理の経験は殆《ほとん》どない。孤児時代は何でもそのまま食べていたし、聖女として保護されてからは主に寮生活だった。自分の物や部屋の管理は自分達でするが、食事は一気に食堂で提供された為、触れる機会が無かったのだ。

なのでこの分担はソニアも助かっている。

洗濯を終えて、一度部屋へ戻り着替える。その途中で、来客を知らせるベル音が聞こえた。

多分、家政婦のハンナだ。隣の家に住んでいて、通いで家の手伝いをしてくれる。大体が掃除と、遅くなる時は洗濯物を畳んでくれたり、夕飯の支度をしてくれたりなどだ。

クラウディオに雇っていいか？　と聞かれた時は（必要かなぁ？）と思ったが、慣れてしまうと大変ありがたい。

階段を降りると、家に入ってくるハンナと目が合う。グレイのワンピースと飾り気のないエプロン、引っ詰めた茶色の髪をお団子にまとめた、笑顔が控えめのクールな美人だ。

「ハンナおはよう～」

「おはようございます、ソニアさん」

「おはようございま～す」

「おー、ニコラさんもおはようっス」

ハンナの後からもうひとり玄関をくぐって来たのはクラウディオの秘書のニコラだった。灰緑色の髪を長めのセンターパートにしていて、吊《つ》り気味の目と合わせて見た目は仕事の出来る男といった体《てい》だが、喋《しゃべ》るとのんびりしていてギャップが凄《すご》い。

「クラウディオ様起きてますか～？」

「起きてるよ」

身支度を済ませたクラウディオが階段を降りて玄関まで来た。ハンナは会釈だけしてキッキンの方へ入って行く。

クラウディオは手に持っていた鍵付きの書類ケースをニコラの方に差し出した。

「ほら今日の分」

「は～い。こちらも今日の分でーす」

鍵付きのケースを交換すると、ニコラは「ではまた～」とさっさと帰って行った。クラウディオは「少し待ってて」と言ってケースを持って一度二階に上がって行く。

手持ち無沙汰《ぶさた》になったソニアがキッチンを覗くと、ハンナが風の魔法で床のゴミを集めていた。便利。祖国では地味だなんだと言われていたが、クラウディオやハンナが日常でちょこちょこ使ってるのを実際目にしたら便利でしかない。羨《うらや》ましい。

いいな～、と見ているとクラウディオはすぐに降りてきた。待っていたソニアに声をかける。

「ソニアもう行く？」

「うん。クラウディオさん、仕事大変なら別に来なくても大丈夫っスよ」

「いや、緊急のものは無かった。ソニアをひとりでは行かせられないよ」

だから勿論一緒に行くけど？　とにっこりする。

寝不足を心配してであって、嫌で来なくていいと言ったわけではないので、素直に頷く。

クラウディオはキッチンにいるハンナへ声をかけ玄関へ向かった。

「じゃあ、ハンナ後よろしく」

「お任せ下さい。行ってらっしゃいませ」


外に出ると、既に日差しは強い。濃い青空に白い雲が際立ち、熱せられた煉瓦《れんが》が匂い立つ。初夏の気配を感じた。

塀の向こうに揺れる茶金髪を見ないふりして道路を歩く。

ソニアが住み始めた頃に満開だったジュスティラも既に花を終え、入れ替わるように白いジャスミンが咲き始めた。沢山咲き芳香を放つのはもう少し先だが、ソニアは楽しみにしている。

新しい街並みにも慣れ、少しずつ顔見知りも出来てきた。迷いのない足取りでいつもの街角へ向かう。

いつもクラウディオが居座るカフェの、ウェイトレスと少し話すようになった。今日は出勤しているだろうか。

そんな事を考えて向かうと、カフェテラスの前には既に人が集まっていた。数十人の人集《ひとだか》りは通行の邪魔になっていて、笛を吹きながら憲兵が駆けて来る。

「な、なんスか⁉　何の騒ぎ？」

「あー……こうなったか」

「ど、どゆこと⁇」

昨日も確かに待ってくれてる人はいたけど、せいぜい二、三人程度。急な事にソニアは慌てる。

「服装を見るに、この近くに住んでいる人じゃない。農民っぽいからね。噂《うわさ》を聞きつけて集団で上京して来たんだろう」

「そ、そんな事ってある？　聖女なんて……」

「そこら中にゴロゴロいるのはエーリズに限ってだからね？　白熱してて危なそうだし憲兵に任せて帰る？」

「アホか！」

話している間にも、憲兵隊と集まった人達が「聖女様が安く診てくれるんだ！　邪魔すんな」「馬《ば》鹿《か》言うな！　騙《だま》されてるぞ！　散れ！」とヒートアップしている。

振り上げられた拳が下りる前にソニアは走って向かった。

「すいませーん‼」

ソニアの服装を見て、待っていた人達は歓声を上げるが、憲兵の人は不審そうに眉を顰《ひそ》めた。

「君か？　こいつらが言ってる聖女ってのは。国立病院から派遣されてるの？」

「え？　いや、違うっス」

「じゃあどこの所属？　言ってみなさい。本当に聖女なら」

「えっ……ええ～と、野良？　おお、そうだ！　あたし野良聖女です!!」

「……ちょっと詰所で話聞かせてくれる？」

失敗したっぽい。

憲兵に腕を掴《つか》まれ、ぐいと引かれる。だが、その憲兵の手はさらに別の手に掴まれた。

「ソニアに触るな」

解放されたソニアはすぐさまクラウディオの背後に隠された。顔は見えないが、声色がいつもより随分低く感じる。なんだ、どうした。

「なっ!?　き、君は誰だね!?」

クラウディオは警戒心を高くした憲兵にも落ち着き払い、ジャケットの内ポケットから何かを出して見せた。

ソニアもなんとか見ようと首を伸ばすが、クラウディオの長い腕が背後から出てこないようにガードしていて、背中しか見えない。

憲兵はみるみる顔色を青くし、両手を自身の顔の横に挙げた。他の憲兵も何人か振り返りギョッと固まる。

「しっ、しっ失礼いた、致しました！」

「彼女は僕が保護している。何か問題でも？」

憲兵は両手を挙げたままジリジリと後退して首を横に振る。ゴクリと喉を鳴らして、口を開いた。

「さ、騒ぎが、おち落ち着き、落ち着けば……問題ありません……」

「そうだね。とりあえず君たち、通行の邪魔にならないように整列させてくれる？」

「「はっ!!」」

瞬時に憲兵を顎《あご》で使い出したクラウディオに感心すればいいのか、呆《あき》れればいいのか。

「何を見せたっスか？」

「ん？　ただの家紋がついた身分証だよ」

(それって皇家の紋……)

一生懸命整列させる憲兵達に同情の眼差《まなざ》しを送る。道の端の邪魔にならないところに列が出来上がると、クラウディオはソニアを振り返りにっこり笑った。

「お待たせソニア」

「ど、どうも……」

治療を始めようとすると、憲兵達が押し合い圧《へ》し合いして、ひとりが弾《はじ》き出てきた。可哀想《かわいそう》な程ガチガチに震えながら近づいて来て、ソニア達の前で立ち止まった。ソニアが向き直ると、憲兵が決死の表情で口を開く。

「あ、あああの」

「どしたっスか？」

「あし、明日も騒ぎ、こっ困ります、ので、対策を」

「ああ」

クラウディオが返事をすると、憲兵はぴゃっと飛び上がった。可哀想な程怯《おび》えている。

「新しい営業場所か、建物を決めて診療所を開くか決めるまで休業する？　楽しそうにしてるのに申し訳ないけど」

「仕方ないっス。憲兵の兄ちゃん、世話かけて悪かったっス」

憲兵は顔と両手を高速で左右に振り、仲間の元へ帰って行った。

それからソニアは治療前に、騒動を聞きつけて集まった人達に向けて、しばらくは営業しない旨を伝えていく。噂になって広がっていってくれればいいのだが。

一悶着《ひともんちゃく》終え、並んだ患者をザッと視認する。全員が全員痩せていて、服も汚れて粗末なものだ。顔に疲れも出ていて、表情も暗い。

その中、怪我をしている人は半分程だった。患者の殆どは大怪我の治療で、更に内半数は子供だ。

付き添いの家族がいる為に大所帯だったのだ。

怪我人の中で一番重傷なのは、右足を付け根すぐから丸々一本失った十代の若者だった。周りの人の肩を借りて、カフェから借りた椅子に腰を下ろした。

「聖女様……。治りますか？」

肩を貸した父親と思《おぼ》しき男が不安そうに聞いてくる。足の無い若者はただ俯《うつむ》き、歯を食いしばる。

「触るよ？」

頷いたのを確認してから、若者の手を取った。

（どれどれ。……うんうん、足は無いけど他は問題ないね。あー魔力の流れが足があった所にまで巡っているのかぁ。これがあると本人は足のある感覚がして痛みや気持ち悪さを感じるらしいね。だ

けど、この流れが残っている内は治しやすい）

魔力は血流と同化して身体《からだ》中を巡る。ただ、血液と違って魔力は身体を飛び出して脚を形作ろうとしている。その流れに沿ってソニアは魔力を流した。

（急な成長は痛みを伴うから、痛覚を一時的に鈍くして。よーし、イイコイイコ！　身体を新しく作る機能は衰えてない）

人の身体はいつだってどんどん新しくなる。皮膚が新しく作られると、古い皮膚が垢《あか》となって落ちていくように、肉も骨も内臓も一緒だ。その身体を新しく作る機能が失われると、治癒魔法を以てしても再生はできず、聖女は己の生命力《自己再生の力》で以てカバーする。

「ちょっとそこのおっちゃん、この人支えてて」

横で心配そうに様子を見ていた男に声をかけると、男は若者の肩を支えた。

ソニアは若者の手を離し、治療する脚の付け根部分に手をかざす。

「一気にいくぞ？　衝撃はすごいと思うけど、お前の身体なら耐えられそうだ。ただ気絶はする。起きたらいっぱいメシ食えよ！　三、二、一、ほい!!」

ソニアの手から強い光が迸《ほとばし》る。皆が反射的に目を閉じた。視界が白く染まる中、人々の耳にメキメキゴキ、と悍《おぞ》ましい音がし、息を呑む気配が満ちる。

光が収束すると、若者のズボンの中は膨らみ、裾からは生えたての白い右足が見えていた。

「ぐっ……っ」

呻《うめ》き声を上げて若者は気絶した。傾ぐ体を男が支える。

藁《わら》にも縋《すが》る思いで訪れた他の患者。最近では治療の様子を見慣れたと思っていたカフェの店員。疑いの眼差しを向けていた憲兵達。通りがかってチラ見した人らまで。

全員が息を止めて目を見開いた。信じられない光景を前に、ストリートは静寂に包まれる。


「はい、おつかれさま～」

静寂を破ったのは、ソニアのへらっと笑う声だった。その瞬間、息を止めていた人達はハッとして動き出す。

若者を支える男の目からも一筋、涙が溢《こぼ》れ出た。深く頭を下げて、絞り出すような声を出した。

「あり、がとう……ございます……ありがとう、うっ……」

「はーい。帰り気をつけてね～。千シェルでーす」

そのソニアの言葉に待ったをかけたのは憲兵達だ。

「いや待て待て、野良聖女！　安すぎる!!　きちんと国の許可……は、取ってるとしても、だなぁ……」

勢い込んで物申してきたが、途中からソニアの背後に視線が釘付《くぎづ》けになって、尻窄《しりすぼ》みになる。

なんだ？　と振り返ってもクラウディオが立っていて、にこっと微笑んでいるだけだ。

ソニアは首を傾げながら、憲兵に向き直る。

「値段に国の許可が必要なんスか？」

「えぇ……俺に訊《き》くの？　あーえー、許可ってか、相場？　ほら値崩れすると同業者が困るっていうか。なぁ？」

憲兵同士でうんうん、と頷く。

ソニアがクラウディオにも尋ねてみると、クラウディオは優しい笑みで答えた。

「そうなんスか？」

「まぁ、肩凝りと欠損が同じ値段ということは無いね。使う魔力量も桁違いだろう？」

「あー、そうっスね」

「ソニアの魔力が安く消費されるのは僕も看過しかねるから、変えたほうがいいという意見は同意かな」

「うーん、難しい……」

確かにエーリズの町で治療をした時も靴磨きのおっちゃんから「聖女の治療は平均収入以下にはちと高い」と言われてはいた。だがそもそもエーリズよりテノラスの人達の方がずっと裕福に見えるので、平均収入なんて当てにならない。

エーリズの治療院では確かに安くて一万からだった気もするのだが、「このくらいの治療だったら幾ら」という細かな料金設定を、ソニアは知らない。

誰か相場知らないかなぁ、と周りを見回すも、憲兵は揃《そろ》って首振り人形みたいにぷるぷるしているし、集まっている人達はポケットや荷物をひっくり返して、「もっと出そう！」とありったけの小銭を出している。困った。

「えーと、わかんないから、まぁとりあえず今日は千シェルで！　はい次の人～！」

「野良聖女……お前馬鹿だろう」

そう呟《つぶや》いた憲兵は、後日異動になったとか。


一通り治療を終え、早めの帰路につく前にクラウディオは一度ソニアをカフェで休ませた。

向かい合わせで座り、クラウディオはソニアの顔色や脈をチェックする。

「ソニア、あんなに魔法使って気分は悪くなってない？　顔色は……変わらないけど」

「んー、魔力半分も使ってないっスよ」

クラウディオは軽く目を見張った。

あれから指一本、片耳、と欠損の患者が続き、計十四名の治療を行った。それで半分以下とは、と。

「今日の人達どっから来たんスかねぇ？　傷も古くないし……あんなに子供ばっかり欠損があって」

「南西部地域の住民だろうね。ここからだと列車で三時間、そこから馬車で二日はかかるかな」

「列車は近くまで行かないっスか？」

「魔獣がよく出る地域なんだよ。だから列車の走る線路を敷けない。すぐに破壊されてしまって、経済面でも安全面でもリスクが大きい」

夕方には少し早い時間。

お店は夕飯の時間に向けて準備を始めていて、路地にいい匂いが充満している。

ソニアのお腹がきゅるう、と悲しげに鳴いた。治療に集中していてお昼を食べ損なったのだ。

「あの地域はひと月ほど前に大きな魔獣被害があったんだ。僕はエーリズに行っていたから報告書しか見ていないけど。大人も子供も被害者はいたけど、子供の治療を優先して上京したんだろうね。ただ、治療の補償は義足を含め国から諸々出ているはずなんだけどね。……デザイゲート領主。新しい領主《の》を準備しておくか」

匂いに釣られて立ち上がりフラフラとパン屋のガラスに張り付いたソニアに、クラウディオが話す後半は聞き取れなかった。

「どうしよう……明日から休業だから、パン我慢しようかな」

一時的に収入源が無くなってしまったのだ。迷う。涎《よだれ》が止まらない。迷う。

「それなんだけど、明日からは国立病院行かない？　他の聖女にも会えるし、色々相談してみたら？　そうそう、救急の治療を手伝ったらお給金でるよ？」

「行く!!」

右手を高く挙げたら、勢いで口の端から涎が垂れた。

＊＊＊

帰宅して、夕飯を終えた時間。ソニアがお風呂に入っている。その水音を掻き消すように、キッチンにはカシャカシャと金属音が高く鳴っていた。

一度ホイッパーを置き、ボウルの中で出来上がった明日分のドレッシングを、クラウディオは味見する。

（よし。次はサンドイッチ用グリルチキンの下味を……）

鶏肉に手を伸ばすと、音もなく背後に人が立った。構わずに、鶏肉をパンに挟みやすいサイズに切り分ける。

「ハンナ、今日のゴミは？」

「今日はございません。あちらも手練《てだれ》の偵察を雇ったようで、遠くから窺《うかが》っている気配はあります」

「しつこいなら処分しろ。特に南部方面はきな臭い。それとそこにある書類は兄上へ」

「かしこまりました。……クラウディオ様」

クラウディオは洗浄魔法で手を洗う。

ハンナは書類を抱え、扉の向こうへ消える前に振り返った。

「なんだ？」

「こんな回りくどいオママゴトなんてしてないで、いつものように堕《お》としてしまえばよろしいのでは？」

小さく出した洗浄魔法の水が、目の前でしゅわっと消える。その様子が綺麗と言ったソニアの顔を思い出す。

「仕事と一緒にするなよ。……それに言われたんだ」

エーリズ先王が亡くなったと報せが来た日の夜。

ストール越しの抱擁を受け入れてくれた彼女は、芯の強さを潜めてクラウディオに寄りかかり。

『優しくした方がいいんじゃないスか？』

と、言った。

(君がそう言うのなら、勿論優しくする。際限なく、抜け出せない程に)

黙り込んだクラウディオを見て、ハンナは無表情のまま「ははは」と声を上げた。

「腹黒でも恋をするのですね。ソニア様に同情いたします」

「……ソニアに余計な事言うなよ。もう行け」

「失礼します」

綺麗になった手でソルトミルを手に取る。

ゴリゴリ、とミルを回して塩を擦り砕く音だけが残った。

四章✧テノラス国立病院

街角混雑騒動から、翌日。ソニアはクラウディオと馬車に乗りテノラス国立病院へやって来た。

「でっかぁ〜！」

場所は王城から馬車で三十分程だ。建物の周りには庭園のように緑が植えられている。病院自体が白く飾り気のない建物でなければ、貴族のお屋敷みたいだ。

「ソニアこっちだよ」

見上げて口を開けっぱなしのソニアの手を引いて、クラウディオは中へ入って行く。

「入ってすぐは受付になっているよ」

受付の前には人が並び、廊下に設置された椅子には患者達が座っている。忙しく行き交う白衣を着た人達は病院関係者のようだ。水色の髪の女性がソニアに気がつき、会釈して通り過ぎて行った。よく見ると自分が着ている聖女服とデザインが似ているので、病院で働く聖女だったのかもしれない。

ソニアの後ろからも次々に患者が訪れて、人の多さに目が回りそうだ。

ソニアはクラウディオに導かれるまま警備員が立つ関係者入り口を抜けて、昇降箱に乗り最上階へ向かう。

小部屋が勝手に動き出した事に驚き、ソニアはクラウディオの袖の端を掴《つか》んだ。

「なんスかこれ!? う、動いてる……」

「昇降箱。階段の代わりに上まで連れてってくれるものだよ」

「ほへぇ……」

キョロキョロしつつもしっかり服を掴むソニアを見て、クラウディオはさりげなく自身の口元を隠す。

五階に到着し、降りてすぐの大きな両開きの扉の前に、再び警備員が立っていた。

「おはようございます皇弟殿下。本日昼勤務の聖女様方はお揃《そろ》いでございます」

「どうも」

二人で開けられた扉を潜《くぐ》ると、中はソファがいくつも置かれた、居心地良さそうな空間だった。大きな窓からは青空が見えて開放感もある。

中には四人の女性がいた。皆が同じ制服に身を包んでいる。キャップや葉型のピアス、靴も踵《かかと》の低い白革のショートブーツと揃いのものだ。

そしてその制服は、殆《ほとん》どがソニアと同じものだった。真っ白い生地に、国花のジュスティラが服の端を彩る。先程の、入り口付近で見た女性も同じ服だったと思う。

ただその蔦《つた》や葉の刺繍《ししゅう》が、翠《みどり》色であった。

「あたしの制服ってここのと一緒なんスか？」

「デザインはね。ソニアの刺繍の色は僕の指示だけど」

意味ありげににこりと笑うクラウディオを、ソニアは「へー」とスルーする。

四人の聖女達は立ち上がってクラウディオの前に並ぶ。一番年嵩の女性が代表して話し始めた。長めの髪を結い上げた、四十代の聖女だ。

「ようこそおいで下さいました、クラウディオ様。そしてお初にお目にかかりますソニア様。私、元エーリズ聖女でございます、ヘラと申します。どうぞお見知りおき下さい」

ヘラが丁寧に腰を折り頭を下げると、残りの三人も続けて腰を折った。恭《うやうや》しい態度の四人に、ソニアはにかっと笑った。

「ヘラさんもエーリズ出身なんスね！　よろしく～！」

「え？」

ソニアと同年代の若い聖女が、驚いて顔を上げた。

それに続きバラバラに頭を上げた聖女は困惑を露《あら》わに顔を見合わせた。

「ソニア様は、その、本当にエーリズの聖女様であらせられますか？」

「そっス」

四人の聖女の目が困惑してクラウディオに突き刺さる。

「間違いないよ。僕が直接エーリズから連れて来たから」

「さ、左様でございますか。その、随分と砕けた、えー、最近のエーリズの教育はさま変わりしたようで……？」

「えっ!?　あ～、はは、覚え悪くて……さーせん」

「でも本当に上級聖女なんでしょ？」

「こら！　リーナ！」

最初に驚いた声を上げてしまった若い聖女が砕けた口調で聞いてきた。

「私はリーナ。テノラス出身の庶民、十八歳よ。私も言葉遣いはあんまり綺麗《きれい》じゃないの。ごめんね」

濃い茶髪に緑の瞳《ひとみ》の快活な女の子だ。

「あたしはソニア。孤児出だよ。上級とかってテノラスの基準だっけ？　エーリズでは一応宮廷にいたっスよ」

「わお！　やっぱ超エリート聖女じゃーん！　よろしくね、ソニア様！」

「ソニアでいっスよ！　あたしもリーナって呼ぶし」

裏表のない笑顔でリーナが握手を求めてきたので、ソニアも返す。

同年代の女性とフレンドリーに話すのは聖女になってから初だろうか。嬉《うれ》しい。

「シンディです。エーリズ出身です」

「エミリーです。私もエーリズ出身です」

二十代と思《おぼ》しき残り二人にも挨拶をされる。二人とも薄茶の髪と瞳でエーリズ出身と言われてしっくりきた。エーリズでは髪色が金や薄茶、瞳も茶や翠が殆どなのだ。

話していると院長の使いが来てクラウディオに挨拶を、と呼び出した。

「ソニアごめん、ちょっと顔を出してくるよ。建物から出ないようにだけ気をつけて」

「わかったっス。行ってらっしゃ〜い」

クラウディオはヘラを一瞥《いちべつ》し、軽い礼が返ってくるのを見てから部屋を出た。

クラウディオが退室すると、若い聖女三人がホッと息を吐いた。

「緊張したわ……」

「見た？　あの銀のお髪と紫の瞳……。美しかった」

リーナとエミリーが話す横で、シンディがソニアに話しかけた。

「あの、ソニア様って筆頭聖女様の御付きをされていませんでしたか？　五年前、テノラスへ来るまでは私エーリズの王都で暮らしてて。筆頭聖女様の公開治療の様子を何度か拝見した事があるんです。その背後に控えられていたような……」

そういえばそんな事もあったな、と思い出す。

宮廷聖女と一般の診療所で働く聖女の、所謂《いわゆる》格の違いってやつを見せる為のパフォーマンスで、王家の求心力を高めるのに一役買っている。

ソニアが筆頭になってからは一度もした記憶が無い。

「ああー、あったスねそんなん。多分あたしっス」

「す、凄《すご》い……お会い出来て光栄です！」

「おぉう、あざます」

シンディは目を潤ませながら、握手を上下に振る。

エミリーも感心したようにソニアを見る。

「ソニア様、本当に凄い方でしたのね。今でもメリッサ様はご健勝ですの？」

「いやバ……メリッサ様は三年前に死……亡くなって。今の筆頭は、えー……多分フィリスかな」

危うく癖でババァと言いそうになった。憧れている人の前で言ってはいけない分別くらいはある。

現筆頭もクラウディオがフィリスだと言っていたし間違いではないだろう。

頭を使う会話にソニアは冷や冷やする。

「フィリス様ってあの侯爵家の？　美しい方が筆頭になられたのねぇ！」

「本当、シンディは宮廷聖女様に詳しいわねぇ。ミーハーなんだから」

きゃっきゃと盛り上がるエーリズ出身二人に、ソニアはそういえば、と声をかける。

「さっき一階で水色の髪の聖女っぽい人に会ったっスけど、あの人はいないんすね」

「水色の髪っていうと、セイディアさんかしら？　最近聖女になった方なのよ。夜から早朝勤務が多くて私達もあんまりお会いした事はないの」

エミリーが頰に手を当てて首を傾《かし》げながら教えてくれる。聖女は夜中も仕事があるらしい。

「夜も勤務があるなんて大変スね」

「そうね。でも夜勤の後は希望すればきちんとお休みくれるのよ」

「ほらほら、おしゃべりはそこまでよ。シンディとエミリーは診察の時間よ。お仕事へ行って頂戴」

「「はーい」」

ヘラが手を叩《たた》くと、二人は手を振って部屋を出て行った。

ヘラは改めてソニアの前に立つと、紐綴《ひもと》じの冊子を差し出した。

「ソニア様は今から私とこれを読んでみませんか？　クラウディオ様から、エーリズから来て必要だと思った事があったら教えてあげて欲しいと言われておりまして。よろしければ」

「これは？」

「応急処置の基礎よ」

リーナがソニアに腕を絡めてじゃれつく。そのまま腕を引いて一緒にソファへ腰を下ろすと、向かい側へヘラが座った。

静かに使用人が現れてお茶を淹《い》れていく。

「聖女って回復の魔力が常に流れているせいで、治癒《ちゆ》魔法に慣れすぎちゃって効きが悪いでしょう？唯一の例外が、自分より力の強い聖女に診《み》てもらう事だけど」

リーナは一度言葉を切って、困ったように笑った。

テノラス国内の聖女達は全員、前皇帝陛下の治療に関わっている。そして治せなかったのだ。

一週間で治してしまったソニアの実力は聖女全員の知るところだ。

「その、ソニアには難しいじゃない？　だから自分が怪我した時に、自分で手当てするの。覚えておくと便利よ」

「へえ。聞きたいっス」

それからソニアは、止血の仕方や包帯の巻き方。骨折時の対応などを二時間みっちり、練習を交えて学んだ。

「ふえ～！　色々あるっス～！　そもそもこんなに沢山怪我する事なんてない気がするっス……」

「まぁ、万が一に備えてだから。因《ちな》みに私、骨折はした事あるわよ。屋根から飛んで」

リーナはひょいと両肩をすくめる。

可愛《かわい》い顔してお転婆《てんば》だったらしい。


講義を終えてから、休憩に戻って来たエミリーとシンディを交えて軽食を摂る。

「クラウディオさん戻って来ないっスね」

ソニアがそう疑問を口にすると、すかさずリーナが詰め寄って来た。

「えっ、なになになに!? そういう関係?」

「そういう関係? スか?」

「恋人かって聞いてるの！」

「ぶふっ」

いつの間にかシンディとエミリーもキラキラした目でソニアを見ている。

ソニアは吹いた口元を拭って、慌てて手を振った。

「違う違う！ 相手、王族っスよ!?」

「身分の事？ 別に聖女なら問題ないんじゃない？」

「ああ、エーリズでは聖女としての力に身分を足して順位付けされますものね」

シンディが苦笑してソニアの価値観に同意を示す。

「ここはテノラスよ！ 聖女は高位貴族相当地位！ ましてソニア程の実力があるなら全然問題無い

わよ！　いーじゃんいーじゃん！　恋バナしてよ～。聖女になってからあんまり友達と会わなくなっちゃったから、そーいうの飢えてるのよね。ねね、ソニアは？　クラウディオ様のどこが好きなの？」

リーナはグイグイとゼロ距離で聞いてくる。ソニアは体を引き、少し斜めになりながら思案した。

銀の髪、紫の瞳に通った鼻筋、作り物めいた顔は美しいとは思う。通りの良い声は少し低く、料理の習得スピードが異常で、最近は視線がとても甘い。ソニアの前ではいつも微笑《ほほえ》んでいて、なんだか優しくなったなぁと感じる。

でも時々書類を見ながら意地悪く口の端を上げているので、性格悪そうだな……とも思ったり。実際出会った頃は目の奥がいつも笑ってなくて、貴族の中の貴族といった印象だった。

「強《し》いて言うなら……」

「うんうん！」

最初からひとつも変わらないのは、あの花の匂い。アロマ効果か、香ると妙に落ち着いてしまう。

「匂い？」

「……っやっだ——!!　エローい!!」

「えろっ!?　なんでっ!?」

「それだけ近くにいるって事でしょ？　もっと離れがたーいとか、側にいないと寂しいーとか聞きたかったけど！　エロトークもばっち来いよ！」

シンディとエミリーも頬を艶々《つやつや》にしてうんうん頷《うなず》き、ソニアは口の端が引《ひ》き攣《つ》った。

（くぅっ！　匂いが好きとか……もう言わない！）

それから恋バナが満開に咲いた。ヘラはテノラスで結婚し今十五歳になる子供がいるとか、エミリーは婚約中、リーナは彼氏持ち、なんて話が飛び交った。シンディは恥ずかしそうに、でも興味津々《しんしん》で耳を傾けている。現在募集中なんだそうだ。

（あたしが言うのもなんだけど、宮廷に無いノリだなぁ。聞いてる分には楽しいけど。聞いてる分には）


休憩を挟んで交代して、ヘラとリーナが現場へと向かう。残る二人は魔力を回復させる為に、まだ休憩が続くようだ。

ソニアはヘラとリーナにくっついていって、病院内を見学することにした。

三階まで降りて、病室へ向かう。途中渡り廊下へ別れる通路があり、別棟へ行けるようになっていた。

「あっちの建物は何スか？」

「重病者の研究棟よ。本人や家族の承諾をもらって、敢えて聖女が治せるギリギリまで魔法での治療をしないの。そうして治癒魔法以外で治せないか薬を開発しているんだって。うっかり治してしまわないように聖女の立ち入りは禁止されてるわ」

「……私もこちらに来るまで知りませんでしたが、聖女がおらずに治療するというのはとても大変な事なのです。聖女がいなくなっても大丈夫なように、研究は止められないのですわ。国外に出て、私も初めてエーリズの聖女の出生率の異常さがわかりました」

「皇弟殿下は医療用魔導具開発者と医療現場の仲立ちをされてらっしゃるから、来るといっつも医師達とその話ね」

「そっか……」

他国では聖女が殆ど生まれない。知っていたはずだが、こうしてきちんと見ると違う事に感心してばかりだ。


ヘラとリーナは巡回する病室が違うとの事で途中で別れて、ソニアはリーナにくっついて三階を奥へ進む。突き当たりはカラフルなガーランドや動物柄のキルトが飾られた可愛い部屋だった。

「やっほー！　みんな来たよ～」

「リーナ様だっ！」

「リーナ様～」

わらわらと集まって来たのは、少年少女から幼児まで、六人程だ。

「この子達は今、聖女の魔法で治療中の子達なの。私達の魔力量や子供達の負担を医師と予測して、一ヶ月後完治を予定しているわ」

子供達は闘病期間が長いのか痩せ気味で、体力が少なそうだ。ひと月という期間はソニアからしたら長く感じるが、聖女に負担をかけすぎないためというなら、人道的な計画なのだろう。

リーナはソニアの耳元に口を近づけて呟いた。

「正直言うと私病気の治療は苦手なの。ほら怪我は目に見えて治せるじゃない？　でも病気って身体《からだ》の中だし、時間経《た》つと再発したりちょっと病巣残ってたりで……」

「ああ、経過観察も含めて一ヶ月ってことなんスね」

「うん。ソニアは今日働いてもいいいんでしょう？　ちょっと治療の様子とかって見せてもらえたりする？」

リーナは両手を合わせて申し訳なさそうにクビを傾げる。ソニアはにかっと笑って快諾した。

「いっスよ」

そしてきょとんと、ソニアを見上げる子供達を見渡す。それぞれに魔力の揺らぎを抱え、懸命に生きる命だ。

ソニアはしゃがんで「ソニアだよー。よろしく」と声をかけながらひとりひとり診ていく。「リーナ様のお友達？」「新しい聖女様？」と口々にお喋《しゃべ》りする子供達にリーナは、「ソニアはすっごい聖女なんだよ」と話している。

（この子はすぐ治せそう。こっち三人は……同じ病気？　ん？　この子は？）

メンバーの中では最年長、褐色の肌に黒髪の少年に目が留まった。細い揺らぎがぶつりと途切れ、それが不自然に幾つか続く。

（見た事ない。病気？　怪我の……欠損の感じに似てるけど）

じっと見られた少年は戸惑って首を傾げる。

気づいたリーナがソニアに尋ねた。

「ソニア？　この子はアリシャよ。アリシャがどうかしたの？」

「リーナ、この子はお腹の中が欠けてるの？」

「えっ……見ただけでわかるの？」

「これは驚いた」

突然背後から声が上がり、ソニアとリーナは飛び上がるほど驚いた。

「あ、なっブレナー先生！　もー驚かせないでよ！」

静かにドアから入ってきたようで、子供達に集中していた事もあり、真後ろに立たれても全く気がつかなかった。

「はは、ごめん。皇弟殿下と共に上級聖女様がいらしていると聞いてね」

来ちゃった、とウィンクをして医師は言った。ブレナーと呼ばれた彼は少し垂れ目で眼鏡をかけている。優しげな雰囲気は、チャラさよりお茶目な印象だ。

「はじめまして、エーリズの聖女様。小児医師のアーノルド・ブレナーです」

白衣を着ていても、背筋を伸ばし握手を求める姿勢は貴族を匂わせた。ソニアも振り向いて手を握り返す。

「ソニアッス！　よろしく」

ブレナーは目を丸くしてから口元を緩めた。

「こちらこそよろしく」

挨拶を交わしてから、二人はアリシャの方へ向き直った。ブレナーがアリシャの頭を撫《な》でてソニアに言う。

「アリシャはニーマシーから治療に来てるんだよ」

「すんません、地理は疎《うと》くて。どの辺スか？」

「エーリズから見て東南にテノラスがあるだろう？　そのまま南下するとオーガス国があって、その更に南がニーマシー王国だ」

「……遠い？」

「あはは、ピンと来てないな？　遠いよ。オーガスとは技術協力の関係でテノラスから線路が繫《つな》がっているから、列車に三日も乗ればオーガス南端まで行けるけど。ニーマシーは砂漠の中にあるオアシスの国で、移動は全てラクダ。見つけるにも案内人が必要な程さ」

「砂漠？　オアシス？　ラクダ？？」

ソニアが首を傾げた事にもブレナーは丁寧に教えてくれて、アリシャも所々で「砂漠は砂だらけでね、ラクダは背中に山がついてて」と無邪気に補足を入れてくれた。

「へぇ！」「ほお」と話しているうちにソニアはアリシャと仲良くなった。

まずリーナが子供達にひと通り治癒魔法をかけた。無理なく出来る範囲のもので、少しずつ改善するよう計画されたものだ。

その後ブレナー許可の元、ソニアは一番気になった症状のアリシャに治癒魔法をかける事にした。

アリシャをベッドへ座らせ、その横にブレナーとソニアが並んで立つ。向かい側にリーナが立った。

ブレナーがアリシャの状態についての説明をする。

「アリシャは腹部の傷が元でお腹の中に炎症を起こしたんですが、その後の処置が悪く、内臓と腹の内側が癒着しました。特に腸の炎症が酷《ひど》く、所々切り落として残った部分を繋ぎ合わせています。今は縫い合わせた部分が綺麗に繋がるように聖女の治癒魔法を受けています」

「はい？」

ソニアは言われた事がすぐに理解出来なかった。怪訝《けげん》な顔をするソニアに、ブレナーは目を細めて強く言い切った。

「魔法で病そのものを治せなかったり、治癒が間に合わなかった以上、これは普通の処置だとご承知おきください。我々としては最善の処置なのです」

「なる……ほど」

炎症が酷い部分は取った。取って無い部分を飛ばして繋げた、という事だ。

この状態で治癒魔法を使うと、新しいパーツが繋がった部分から顕現する。

ソニアはアリシャの座ったベッドの傍《かたわ》らで膝をついた。

「触るよ？」

「うん、いいよ」

両手でアリシャの手を握り、繋がった掌《てのひら》から偵察のように少しだけ魔力を流す。

（そりゃ初めて見る症状のはずだわ。腹の傷くらい町の診療所にいる聖女で十分治せる。まずこんな

に悪化しない。このまま治すとして、痛みはどの程度だ？　歪《ゆが》みは出ないか？　わからない。……いっそ繋げた部分をもう一度切り離してしまえば……いや、本人には負担だろうし……今、極端に悪くないのに敢えて切るのは気が進まない治療法だな。繋げた事により、欠損部分の魔力の流れが全然残っていない。……いけるか？　いや、ジジィの身体だって碌《ろく》な流れは残ってなかった。思い出して、創りあげる……よし!!)

「アリシャ、ちょっと横になろうか」

「う、うん」

横たえたアリシャの片手を繋ぎ、もう片方の手をアリシャの腹部にかざす。ソニアは腹を括《くく》り、魔力をどんどん流した。魔力による淡い光が掌からこぼれ出す。

「ソニア様、出来そうですか？」

ブレナーが窺《うかが》うように声をかけてくる。ソニアは繋いだアリシャの手を強く握り込んだ。

アリシャが不安にならないよう、微笑んで答える。

「大丈夫。まかせて」

血の流れを意識して。血に重なって魔力が流れてるから、そこに自分の魔力をすこしずつ足して。

丁寧に丁寧に。納得いくまで何周だって巡らせろ。

繋いだ手は温かく、鼓動を感じる。

ひっかかるとこ、滞るとこに多めに流して。留まった流れを次の流れへ繋げて。人は病気や怪我を自分で治せる力をちゃんと持ってる。いける。

「うっ……」

腹部に違和感を感じたのか、アリシャが呻《うめ》き、ゴロリと横を向いて背を丸める。

「よしよし、大丈夫だ。アリシャの身体はちゃんと元に戻ろうとしてるから」

大丈夫。足りないなら、いくらでも力を貸すから。

光がすこしずつ強くなり、カッと一瞬強く光って消えた。

「はい、終わりだよ。どうだ？　気分は」

「……疲れた」

「ん、よしよし。沢山食って沢山寝ろよ」

怠《だる》く横になったアリシャの頭をワシワシと撫でる。

アリシャはソニアの顔を見返した。

「……いいの？　好きなもの、食べて。お腹痛くならないの？」

「いいよ。ああでも、ブレナー先生がいいって言ったら、かな？」

ソニアがにこっと笑うと、アリシャは顔をくしゃりと歪めて涙を流した。しゃくりあげながら、
つっかえつつ「ありがとう」と言った。

リーナも膝をつきアリシャの手を取る。

ほわっと淡い光が上がったから、魔力で診ているのだろう。

「うそ……本当に欠損が再生してる。しかもこんなに短時間で？」

「私にも診せてもらえますか？」

ブレナーは触診してから、目を見開いた。

「検査室の予約を取ってきます！」

白衣を翻《ひるがえ》してドアから飛び出して行ってしまった。

ソニアはリーナが魔力を流している様子を思い出しながら、アドバイスをする。

「リーナは相手の身体に魔力を流す時、患部付近は勿論《もちろん》だけど、身体の真ん中辺りばかりに流しているだろう？　でも人は身体全部で闘うんだ。指先の血管一本一本にまで意識を持って行って、身体中に薄く魔力を広げると良い」

「そんな事、一体どれ程練習したら……。魔力のコントロールは上級だからって上手なわけじゃないわ。ソニア、貴女《あなた》はどれ程努力をしたの？」

リーナが尊敬を込めた眼差《まなざ》しをソニアに向けたが、ソニアは瞬《またた》いて首を傾げた。

(努力……？)

ただ、必要に駆られただけ。毎日毎日三年間も、ひたすらに、一欠片《かけら》だって崩れないように。

新しい身体部分《パーツ》を生み出さなくなった身体を治療する時は、少しの油断も許されなかった。

(ジジィの血の流れは未《いま》だに全て頭に焼き付いている)

リーナはその、ソニアがずっと無意味に思っていた時間を「努力」と言った。

(意味が……あったのだろうか)

わからない。だけど今、その答えを出さなくてもいい気がした。

結果として、治せた命が目の前にあるのだから。

ソニアはくすぐったい気持ちを隠して、ニヤリとドヤ顔を作った。

「まあ、リーナもほどほどに頑張《がんば》れ！」

「くっ……頑張る」


ガラリと扉が開いて、ブレナーが戻ってきたのかと二人は振り返った。

しかしそこにいたのはアリシャと同じ褐色の肌の男性だった。頭に布を巻き、こめかみの辺りから長めの黒髪が溢《こぼ》れ出ている。服装は裕福な平民のような、シャツと黒のパンツとジャケットを着ていた。

入室するなり、真っ直ぐにアリシャの元へ向かってくる。

その黒い瞳が、スッとソニアを見た。

「あ、あにうえ……」

「アリシャのお兄ちゃん？　お見舞いですか？」

リーナがにこりと話しかけると、フンと鼻を鳴らして睥睨《へいげい》した。

「やっとアレらから離れた」

そう言い、内ポケットに手を差し込む。取り出した小瓶が床に落ちて、割れた。

「っ！」

「リーナ？」

隣にいたリーナが血相を変えてソニアに抱きついた。

小瓶から飛び散った液体から煙が立ち込めて、酷く甘いもったりとした香りが鼻腔《びこう》を満たす。

ソニアの意識はそこで途切れた。

五章✧攫われた聖女

──タタンタタン、タタンタタン。

規則的な振動が、揺りかごのように眠りを誘う。もう目を覚まさないといけないのに。

（ババァより遅く起きると、「新入りのくせに」ってまたメイドから嫌味言われて……）

いや、違う。そうだ。

（ババァは死んだんだった。ジジィだ。あいつが不安になるから……？）

──タタンタタン、タタンタタン。

列車だ。列車に乗っている。

遠くに早く、連れて行ってくれる乗り物。

これで、随分遠くまで来たんだった。

もうここはあの場所じゃない。

（朝ごはん……）

朝日が昇る頃《ころ》に起きていたのに。

朝寝坊するようになった。

ひとりじゃないごはんを楽しみにするようになった。

家に帰るという事がどういう事か、知った。

あの人はいつも先に起きて、朝食を用意して待っててくれてる。だから。

(起きなくちゃ……)

瞼《まぶた》が酷《ひど》く重たい。気怠《けだる》い体を叱咤《しった》して、腕で支える。ぐらつく頭を押さえて周りを見る。

(馬車?)

四角い部屋にドアがあり、向かい合わせの座席が配置された作りは馬車と似ている。だが、振動から列車だとわかる。前乗ったものとは作りが違うみたいだ。

もう一つの座席にはアリシャが横になっていた。ずるりと滑り降り、這《は》うように手を伸ばし触れる。

(寝てるだけ、か……? くそ、気持ち悪くて細部が診《み》れない)

ひとまず命に別状はないだろう。一旦手を離し窓の外へ目を向けた。

黄色い大地。同じ色の土で出来た建物。まばらに生えた木は乾き、丈の低い草が所々にかたまって生えている。

「どこ……ここ」

列車はスピードを落とし、耳障《みみざわ》りな金属音を響かせて停車した。

背後でガラリとドアの開く音がし、ソニアはゆるりと振り返った。

「もう起きてんのか」

入ってきた人物は、褐色の肌に濃い黒の目、頭に布を巻いた青年だった。服装は空色の、ゆったりした膝下丈のシャツに、同色のゆったりしたパンツを穿いている。手首や足首できっちりと布の弛《ゆる》みを締めて、足首まである丈の長い上着を着ていた。服装は替わっているが、間違いなく病院にいた人だ。

「アリシャの、兄ちゃん？」

「ああ。話は後だ。列車が到着したのでひとまず降りる。『おい、連れてこい』」

とにもかくにも立たなければならないようだが、上手《うま》く力が入らず脚が震える。

アリシャの兄と名乗る人物は、ドアの向こう側で何事か命ずると先に行ってしまった。

(言葉がわかんないな)

指示された男が入ってきてソニアを横抱きにして連れ出す。アリシャも同じようにされて出てきた。

駅舎はテノラスと比べて随分小さく、降りる人も少ない。

この後どうするのかと様子を窺《うかが》っていると、外には黄土色で背中に山のある生き物が待っていた。

(アリシャが言ってたな。確か)

「……ラクダ？」

「知ってるか。これで移動する。しかし薬の効き悪いな」

「薬？」

「体の感覚を鈍くして酩酊《めいてい》感を誘う物だよ。動きが悪いから効いてるんだろうが、その割に意識はあるし、面倒だな」

やれやれ、とため息をつかれてソニアは苛立《いらだ》った。

（ぁんだ、こいつ。薬で気絶させて勝手に連れてきて。やってる事、人攫《ひとさら》いなのに偉そうに……）

そこまで思ってハタッと思考が止まる。

『聖女攫いには注意が必要だけど』

聖女攫い。その言葉がクラウディオの声で脳内に蘇《よみがえ》る。

「おい、もしかしてあたしはあんたに攫われたのか？」

「ははっ、今更？　新しい聖女は頭が悪いと報告にあったけど。いいね、聡《さと》い女は嫌いだ」

「マジか……」

逃げ出そうにも体が上手く動かない。ラクダの背の山の天辺《てっぺん》に付いた鞍《くら》に男が乗り、その脚の上に横抱きで乗せられる。ラクダが立ち上がると、思っていたよりずっと高い。男が無言でソニアの頭から薄い布を被《かぶ》せた。大きいストールで布端が膝まで届いた。

「あ、どうも」

日差しが強いのでありがたく、震える手で前を閉じる。

ラクダの上は遠くまで見渡せる。前方へ目を向けるが、黄土色の岩石とまばらに草の生えた大地が広がるばかりだった。

（体の感覚が戻っても、逃げるのは難しい……か？）

そのままラクダに揺られて、時折水を与えられる。日差しも強いが、たまに吹く風は遮るものが何もない為、油断するとラクダから落ちそうな強さだ。

お昼にはナッツとドライフルーツを片手に載る分渡された。ラクダを止める事はなく、全員背に揺られながら食べる。

ソニアもぎこちない手で落とさないよう、ゆっくり摘《つま》んで齧《かじ》る。カリッとした歯応《はごた》えや染みる甘酸っぱさはうまい。

（うまいはうまいし、食べ物分けてもらえんのはありがたいけど、パン食べたい。……あー、あたしすげぇ贅沢《ぜいたく》になったなぁ）

甘やかす人がいるから。そう思うと少し口の端が緩んだ。

前のラクダに乗せられたアリシャは朦朧《もうろう》としながらも水を口に入れられているようだった。治癒《ちゆ》魔法後の疲れた身体《からだ》に、ソニアが嗅いだのと同じ薬が効きすぎてしまったのだろう。少し暑さが心配だ。

日が落ちる直前に、比較的草の多く生えた岩陰で野営をする事になった。薬が大分抜けたのか、ソニアもひとりで立てるようになった。

「逃げたら殺す」

「逃げれねーわ」

ぐるりと同じ風景が八方に広がり、どちらへ進んでいいのかすら分からない。しかも気温がどんどん下がってきて、肌寒い。逃げたいが、逃げたら確実に死ぬだろう。

「いい加減、何で攫ったか教えて欲しいんスけど？　あとあんたの名前とか」

「ああ。俺はニーマシーの第三王子、ハルーンだ。お前には治して欲しいモノがある」

「あんたが王子だって!?　それに、治して欲しい……モノ？」

「オアシスだ」

「おあしす」

おあしすって何だっけ？　と一瞬考えた。病院でブレナーとアリシャから聞いたはず。確か砂漠にある水と緑が豊かな場所。

場所。

「いやいやいや⁉　あたし人しか治した事ないし！　あ、あと馬。無理‼」

「大丈夫だ。心配するな。ニーマシーでの聖女は大地の魔力の流れを調整してオアシスの安定を図る仕事だ。すぐ出来るさ」

「はあぁ⁉　それ能力違くない⁉」

「大丈夫だ。お前はただ言われた事をやればいい」

ソニアは唖然《あぜん》とした。言葉が通じている気がしない。行って出来なかったら殺されるのだろうか？

煮炊きしていた男から椀一杯分のご飯を貰《もら》う。豆と干し肉のスープだ。食べ終えると小さなテントにアリシャと二人押し込まれた。アリシャとで良かった。

テントの布は厚く、焚《た》き火《び》の明かりが届かない中は真っ暗だ。だが人攫い達からも見えていない事に、ソニアは肩の力を抜いた。

敷布は毛皮の手触りがしてとても暖かい。凍死させる気は無いようだ。

ソニアは改めて自分の服をパタパタと触った。お金とかパンがポケットに入ってないかな、という思惑である。

パンは入ってなかったが、固く小さい感触がして、ソニアはそっと取り出した。

見えないので触って形を確かめる。両端が尖《とが》っていて、小さいギザギザの付いたカーブ。針のようなものが付いていて。

(葉っぱの形？　の、ピアス？　誰の……あ！)

聖女だ。病院に勤める聖女が全員着けていたものだ。

(リーナの？　そうだ、自分の事ばかりだったけど、リーナと子供達、それにブレナー先生は無事だろうか)

ピアスをポケットに仕舞い直す。何でポケットに入っていたかは謎だが、帰れたらきちんと返したい。

寝ているであろうアリシャにも手探りで手を伸ばす。肩と思しき辺りから辿《たど》って首を探り当て、指で触れた。

(体調は……大丈夫そうだな)

「……ソニア？」

声をかけられて、ソニアは指を離した。

「そうだよ、アリシャ。気分は悪くないスか？」

暗闇の中、身じろぎする気配がする。

「ソニア……ごめんね。……ぐすっ、巻き込んでごめん」

「アリシャが謝る事じゃないっス。……なぁ、アリシャ。ニーマシーの事、アリシャの事、もっと教えてくれないか？」

「う、うん。あのね」

テントの外に声が漏れないよう、二人寄り添って横になり小さな声で話し合った。

「ニーマシーはオアシスの国って言ったよね。あのね、オアシスが砂漠に呑《の》まれないように、聖女が癒しの力を大地に流してるんだって。でも前の聖女様はお婆ちゃんで、去年死んじゃったんだ」

「他に聖女はいないスか？」

「うん。ニーマシーはエーリズと取引きしてないし、死んじゃった聖女様はニーマシーで生まれた百年ぶりの聖女様だったって」

「百年……」

百年にひとりだとしたら、それはソニアの知る常識と余りにもかけ離れていた。

「それで、新しい聖女様を見つけて来た人がニーマシーの次の王様になる事になって、争いが起きたんだ。……実は、僕は十二番目の王子なんだ。だけど母上は妾《めかけ》で、しかももう亡くなってて、後ろ盾《ちから》も無いから。そういう兄弟は最初に処分しちゃおうって、七番目の兄上に刺されたんだ。そんな僕にハルーン兄上が『使える』って……」

そうしてテノラスに送り込まれたのだ。どの聖女を連れて行くのか、お見舞いがてら偵察していたのだろう。

「そうか。それはテノラスで誰にも言ってないんだな？」

「うん。言ったら拷問《ごうもん》されるって、兄上が……。今ならわかるよ。ちゃんと言えば保護してくれたんだよね？　ブレナー先生はいつもとっても丁寧だったもん」

アリシャは利用されただけで、腹の怪我まであったのだ。寄る辺もなく心も弱っていた事だろう。

「わかった。アリシャはもう寝るっス」

「うん。ニーマシーはね、オーガスの南端の駅から一日半だから明日には着くよ」

「そうスか。……あーパンが食べたいなぁ」

「僕は、僕はね、お肉の塊かじりたい」

「それも悪くない」

「……ソニア、怖いよね、お家に帰りたいよね。ごめんね……」

「ほらほら、大丈夫だから。おやすみ」

くっついて眠り、朝は日の出前に目が覚めた。

エーリズで暮らしていた時のような、静かな目覚めだった。朝が来たらご飯を食べて、まず先王の治療に行って、と繰り返すだけの毎日。また朝が来たのかと諦観すら感じていたあの頃。

テントから出ると外気はキンと冷たく、身震いして借りている薄い布を体に巻きつける。遠い空はやっとオレンジ色に染まり出した。

ソニアが聖女として治療院に保護されたのは六歳の時だった。

当時ソニアがいた孤児グループのリーダーが煙突掃除中に落っこちたのだ。手伝いとしてついて行っていたソニアの目の前に落ちてきたリーダーの脚は折れ、骨がふくらはぎを突き破った状態で血《ち》溜《だ》まりの中で痙攣《けいれん》していた。

その時のショックがソニアに強い癒しの力を目覚めさせたのだった。もっとも、目覚めた瞬間をソニアはよく覚えていなかったが。

強い光を放ちながらリーダーを治してしまったソニアを、煙突の家主や近所の人達が捕まえて治療院に連絡し、ソニアは保護される運びとなった。

当時のソニアの体型から六歳と判断され、治療院の人に手を引かれ、ソニアは物心ついてから六年間共にいた仲間と別れた。

自分より偉い人が言うのだからそうなのだ。自分は「六歳」で「聖女」なんだ。この頃は卑屈とかそういうのではなく、本当にそう思っていた。

連れて行かれながら、もうこの孤児グループに戻る事はないんだろうなと思った。配属された診療所から宮廷に上がる時も、エーリズを出た時も、戻る事なんて考えた事はない。

今の状況は本当だったら怯《おび》え、恐怖するのだろう。

だけど相手の目的がはっきりしている今、過剰に危害を加えられる心配もない。状況の変化に受け身になる事で生き延びてきたソニアに、今を耐える事は難しくない。

だけど思い出してしまうのだ。

『おはようソニア。朝ごはん食べる？』

その声を。

（あーあ……いつもありがとと、美味《おい》しいよって言っときゃ良かった）

そしたらきっと、あの美しい紫を細めて微笑《ほほえ》んでくれるんだ。

（でもなんか、もしかして……って。捜してくれたり、とか……。うう、居心地良かったからって。ダメだ、頼るのは良くない）

いつか自力で頑張《がんば》って、またあの温かい家で寝坊をする事が出来たなら。その時はきっと伝えよう。

垂れた鼻をズル、と啜《すす》る。

「泣いているのかい？」

「や、寒いんで」

いつの間にか背後に現れた男を振り返る。ニヤニヤとした笑みを浮かべるのは、圧倒的優位に立つ者の支配欲が満たされているからか。

はっきりした眉や濃いまつ毛に縁取られた目元などはアリシャと似ているが、そこに優しさは無く下品な印象が拭えない。

それに、王族だというが彼とも全然違う。彼も確かに性格が良いとは言えないが、微笑みにはいつも高貴な風格が溢《あふ》れていて眩《まぶ》しい程だ。

「つまらんなぁ。泣いて縋《すが》られるのも嫌いじゃないんだが」

「どうぞ、あんたの恋人にでもしてもらってくれ」

ハルーンはソニアの首に手を伸ばして、軽く掴《つか》む。息苦しさを押し隠して真っ直ぐに見返した。

「立場を自覚しろ。もう少し従順な方が好みだ」

「自覚してる。あんたはあたしがいないと王様になれないんだろう？」

「チッ、アリシャだな。あのクズ余計な事を」

朝食の支度が出来たらしく、他の部下が呼びに来て、ハルーンは乱暴に手を離した。

「いいか。お前は生きて魔法さえ使えればいいんだ。変な気を起こせば代わりを探すだけだ」

ソニアは喉元をさすってから、アリシャを起こしに行った。


朝食後、荷物を纏《まと》めて出発した。

ラクダは全部で十頭いて、ソニア、アリシャ、ハルーンの他に男性が五人いた。男達は大きく曲がった剣を所持していて、世話役兼護衛だろうと予測した。ぱっと診た感じ、魔力はあんまり強く無い。魔法で攻撃されたとしても大した事は無さそうだ。

薬が抜けても、ソニアは結局ひとりでラクダに乗れず、昨日と同じ男性との二人乗りになった。アリシャはきちんとひとりで乗れていて、なんとなく裏切られた気分だ。

出発してしばらくすると、疎《まば》らに生えていた少しの草すら無くなり、ただの砂が広がるのみになった。風が吹く度に砂の山は少しずつ高さを変えて、風景を変える。一体何を目標に進んでいるのか、ソニアには判断が難しい。

放り出されれば助からない事だけはわかった。

空は憎いくらい青く、昨日より暑い。

ソニアは俯《うつむ》き、慣れない環境に耐える事に集中した。途中、昨日と同じようにナッツとドライフルーツを渡された。多分お昼なのだろう。時間の感覚が掴めない。

一粒ずつ口に入れて噛《か》み締める。

その時、先頭を行く男がひとり声を上げた。

何と言ったかはわからない。ただ、鋭く叫ぶような声は警告を思わせ、ソニアも弾《はじ》かれたように顔を上げた。

一行が足を止める。ヒュウ、と抜ける風に緊張が孕《はら》む。口の中に残ったナッツを噛む音さえ場違いなほど大きく聞こえた。

(何?)

注意深く視線を巡らす。風に煽《あお》られた砂がサラサラとその山を低くする。その陰から、何かが飛び出した。

荷物を積んだラクダが一頭「ヴァアアァ」と鳴き声をあげ暴れ出した。その首に矢が刺さっている。

男達が短く声をかけ合い、ラクダから降りた。ソニアも腰を掴まれ引《ひ》き摺《ず》り下ろされる。息が詰まるのも構わずに砂に押し付けられた。

次いで、残されたラクダの隊列の上に矢の雨が降り注いだ。

ズドドッと何本もの矢がラクダ達に刺さり、暴れ、一瞬で砂が舞い上がる。

「ソニア!」

砂煙の中、這うようにアリシャがソニアに近づいた。男にアリシャの方へ押し出され、ソニアも同じように屈《かが》み直す。

「アリシャ！　なんスか、あの矢は」

「多分、他の兄上の刺客だよ！　絶対に頭を上げないで！」

「大丈夫なんスか!?」

アリシャは手にショールを持っていて、それをソニアに被せた。ソニアが使っていたショールはラクダから降ろされた時に手放してしまったのだ。

「しっかり被って！　戦えない僕達は砂に潜ってやり過ごすしかない。……ソニア、ラクダの積荷は残ってたら持っていっていいから。それとラクダは食べられる。ニーマシーは南中星へ向かって真っ直ぐ歩いて半日もかからない。忘れないで」

ソニアは目を見開いた。「もしも」の話をされている、とすぐ理解する。覚悟を決めた顔を前に冷静さが戻ってくる。自分より小さなアリシャの手をぎゅっと握った。

「一緒に、行くっスよ」

「……うん、そうだね」

わあぁっと声が上がり戦いが始まった。砂煙は再び舞い上がり、二人は声とは反対の方に、身を低くして進む。

相手の人数はわからないが、こちらの護衛はたった五人。いやが応でも数分で決着はついてしまうだろう。

砂丘の陰に隠れ、薄く砂を被る。アリシャと繋いだ手は汗でじっとりした。そこに砂が纏わりつくが、不快を感じる余裕すらない。風が吹き、被る砂量が増したり減ったりする中じっと息を潜める。

(静かになった……)

息苦しいせいか随分長く感じたが、ものの二、三分だろう。静寂にアリシャも気づいたのか、手を強く握り返してくる。

あの五人は死んでしまったのだろうか。人攫いとはいえ何かと世話になった人達だ。

鼓動が強く胸を打ち、渇いた喉が張り付く。

不安が高まる中、再びズドドッと音がした。

少し間を置いて、また同じ音がする。今度はもっと近くで。

(矢を撃っている……?)

三度目。同じ音が立った。

その瞬間、体を揺らす衝撃がし、布を被った視界が白い閃光《せんこう》を放つように明滅した。

「っ、ぐ!?」

何が起きたかわからない。ただ、痛い。

叫び声を上げそうな口元を咄嗟《とっさ》に押さえる。だが抗《あらが》えず身じろぎした。その動きすら更なる痛みを呼び起こし、涙が出る。なんとか自身の脚を見ると、ふくらはぎの端を突き破るように矢が貫通していた。

(手当たり次第ってわけか……)

夥《おびただ》しい量の出血に、背筋が震える。

（血を、血を止めないと）

「ソニア！」

ソニアが呻《うめ》くその横で、アリシャがソニアの上に覆い被さった。

「!?　アリ……」

アリシャ越しに、ドス、と衝撃が響く。背の上のアリシャから力が抜けて、ソニアにのしかかった。

痩せているアリシャの、汗ばみしっとりした体が、妙に重く感じる。

「アリシャ？」

痛みを我慢して上体を起こすと、アリシャがソニアの上から滑り落ちた。背に矢が刺さったその姿を見て、今まで散々怪我や病気を治してきたけど、怪我を負わされた瞬間に立ち会ったのは初めてだ、なんて。頭の隅が冷静に考えた。

「大丈夫だよ、アリシャ」

震える手を伸ばして気絶したアリシャに触れる。背に刺さった矢は肩甲骨を割り止まり、内臓に達していない。矢を抜きながら治療すれば出血量も少量で済む。

ソニアは右手で矢を掴み力を入れた。左手を肩に当てて治癒魔法をかける。

「くっ……」

力んだが上手く力が入らないどころか、抜けていく感じがする。ソニアは気合を入れて矢を引き抜いた。と同時に傷口が光り、瞬く間に傷は塞がった。

「ふ、はっ、はぁっはぁっ」

（よし、アリシャは大丈夫）

ソニアは被っていた布を外し、細く裂いたものを数本作っていく。手ではもう力が入らず歯で破いた。一本はふくらはぎに巻き付け、もう一本を膝上に結びつける。

（心臓に近い方を強く締めるんだったな）

国立病院で教えてもらった事を思い出す。

抜いたばかりの血のついた矢尻を布でぐるぐる巻きにして刺さらないようにしてから、膝上に結った布の隙間に挟んで捩《ね》じり上げた。その矢を更に布で脚に固定する。

（クソ痛ってぇぇ――――!!）

「はぁっ、はぁっ」

それから自分の中で治癒魔法を循環させた。人に魔法をかけるように劇的な効果はないが、多少なりとも効かないわけではない。

（ほんの少しでいい。血が止まれば）

「へぇ～、ハルーンのやつ意外に良いの見つけてきてんじゃーん」

「っ!?」

俯いていたソニアは、場違いに明るい声音に振り向いた。

ハルーンと同じ、頭に布を巻いた黒髪黒目の男だった。ただ肌は白く、ハルーンより小柄で少し幼く見える。

「だ、誰だ、あんた」

「俺はミクダムだよ、聖女ちゃん。第二王子……いや、ニーマシーの王になる男って覚えてよ」

困惑するソニアが周囲に視線を走らせると、砂色のマントを纏った男達が、あちらこちらから立ち上がり集まってきた。

(こんなに沢山《たくさん》いたのか……！)

ぐるりと取り囲むように潜伏していたのだ。その内の数人が、血に染まりぐったりした男を担いでくる。ハルーンの部下達だ。

『息はあるかぁ？』

『一応全員生きております』

『一人連れてこい』

ハルーンの部下の一人がソニアの前に投げ出された。顔を見てハッとする。ずっとソニアをラクダに同乗させていた男だった。

全身をさっと診る。剣の傷か、腹部と左脚が貫通している。

「なあ、お前。治してみろよ」

意図がわからず眉を顰《ひそ》めると、ミクダムは見下ろして笑った。

「一応実力を確認しておかないとさぁ。無駄手間だろ？　無駄は嫌いなんだ」

(こいつらにとって敵、だよな？)

警戒しながら男に触れて治癒魔法をかけた。患部が光り、ソニアは治った事を確認する。

(体力があるやつだから問題無さそうだな。軽い貧血が残るくらいか)

人攫いだが、運ばれる間、手荒に扱われる事は無かった。食べ物も水もくれていたので、助けられて良かった。そう思ったのだが。

塞がった腹部にドスッ、と曲刀が立った。

「え？」

無造作に曲刀は宙を翻《ひるがえ》り血飛沫《ちしぶき》がソニアの顔に降りかかる。

「十分だね。十分使えそ。よし連れてこ～」

刀は円を描くように滑らかに動きソニアの横に振り下ろされる。ソニアはハッとしてアリシャの上に覆い被さった。風を切る鋭い音が耳のすぐ側で止まる。

「何のつもりかなー？」

「アリシャを殺すなら、あたしは行かない」

「ふーん。いいの？　こうなるよ」

大きく丸いものがソニアの近くに投げ転がされる。虚《うつろ》な目が付いたそれは、ハルーンの首だった。

「うっ……！」

ますます離れられない。ソニアはアリシャを強く抱きしめて、ミクダムを睨《にら》みつける。少し嫌な顔をしたミクダムだが、急にニヤリと笑った。

「そかそか、いーよ。ソレも連れて行こう。そんで聖女ちゃんが言う事聞かない度に指を一本ずつ切り落とそう」

「なっ⁉」

「行くよね？」

ソニアは唇を噛んで頷《うなず》いた。

ミクダムが右手を挙げて合図すると、砂色のマントの部下達が集まり、ソニアとアリシャを別々に担ぎ上げる。

（痛っっってぇぇぇ――!!）

動かされたことによりふくらはぎに激痛が走り、心の中で悶絶《もんぜつ》する。その間にミクダムから円形状に光が広がり辺りを包み込んだ。

『転移』

周囲の景色がぐらりと大きく揺れ、ソニアは気を失った。

六章✧怒りの皇弟

――――ガシャンッ!!

クラウディオが無造作に投げつけたティーカップが壁に当たり砕け散った。

集会所にずらりと並ぶ詰襟を着た軍人達は敬礼をとったまま微動だにしなかった。ただ顔は緊張に強張《こわば》りゴクリと喉が上下する。

「垂らした餌に獲物を喰いつかせることも出来ない無能共が」

クラウディオの悪態を前に誰もが何も言えなかった。

本日十四時四十七分。ソニアが攫《さら》われた。

ブレナー医師が席を外した、ほんの十五分間の出来事だった。

医師の報告を受け、すぐさま追跡隊の編成を行おうとしたクラウディオだったが、思いもよらない角度から邪魔が入った。

それがテノラス軍部第一師団に所属する第二十三中隊だった。

そもそもの話は一年も前に遡《さかのぼ》る。

ニーマシーの聖女の訃報が届いたのだ。

彼《か》の国では聖女が一人しかおらず、しかも聖女の治癒《ちゆ》魔法の使い方が他国と著しく違った。地中を走る魔力の通り道である龍脈を整え、国を維持するというものだ。龍脈が乱れると、国はたちまちに砂に埋もれ消えてしまうという。いなければならない存在であった。

その聖女の不在。

砂に埋もれるしかないニーマシーが新たな聖女の確保を目論《もくろ》むのは、当然先読み出来た。

聖女の訃報から半年後にはテノラスのみならず、同盟国のペキュラ、オーガスにもニーマシーの間者の目撃情報が上がった。

問題視したテノラスは国を挙げた対策として、ひとりの聖女をニーマシーに送り込む事にした。勿《もち》論《ろん》無条件ではない。

かねてよりニーマシーは砂漠に囲まれた自国を征服する事はできないだろうと、他国へ横柄な態度を取る事があった。これを機にニーマシーを傘下に収めて抑え付けたい。そう考えた軍部が「敢えて聖女を攫わせ現行犯で捕まえ、有利な立場で事を進め恩を売る」という作戦を立てたのだった。

その作戦の囮《おとり》に選ばれたのはセイディア・グラスティ。騎士爵家の娘で、女騎士でありながら聖女の力を持っていた。

戦え、経験値も高いセイディア本人の希望もあり、作戦成就の暁にはニーマシーへ渡る事になっている。

セイディアは作戦の為、騎士という経歴を書き換え、ここ三ヶ月は病院の勤務時間を攫いやすい夜動のみにし、護衛も手薄にして過ごしてきた。

今回「聖女が攫われた」との報告を受け、第二十三中隊は作戦が動き出したと勘違いした。

追跡の指揮権を譲らず捜査を進め、セイディアの所在確認、情報統制と指揮官が全貌を把握し「誤報」としたのはソニアが攫われてから二時間後の事だった。

騎士は完全に王家に所属しているが、軍部は軍大臣をトップとし指揮系統が王家と分かれている。

かつて圧倒的な軍事力でもって帝国を築き上げたテノラスだが、大きな戦が無くなり、三十年程前に王家直属の機関ではなくなった。

だが今回はそれが完全に裏目に出た。そして指揮系統が分かれているからと言って、王家が軍人を罰せないわけではない。

クラウディオは第二十三中隊隊長を務める大尉を睨《ね》め付《つ》けた。その眼差《まなざ》しは今にも射殺《いころ》してしまうほど鋭い。

青い顔した二等兵が用意した椅子に腰掛け、テーブルにどっかりと足を乗せた。残っていたソーサーが押し出されて床に落ちて割れた。

クラウディオは二時間無駄に過ごしていたわけではない。自身が動かせる騎士と隠密を総動員して情報収集に当たらせている。また側近達はいざという時に備えて、各方面への許可取りへと奔走してもらっている。

その側近のひとりが、第二十三中隊作戦本部集会所へと駆け込んできた。

「クラウディオ様！　不正な移動魔法陣を発見いたしました。行き先はデザイゲートです」

「ちっ……。さっさとすげ替えとくべきだった。魔法陣はまだ使えるのか？」

「壊されています。復旧するより直行した方が早く、既に向かわせております。あと二時間程お待ち下さい」

「一応追跡はさせるが、間違いなくニーマシーだろ。そっちの報告は通信でいい」

話していると外が騒がしくなり、集会所へと新しく人が現れる。

「失礼致します！」

クラウディオは目を細めてそちらを見た。第一師団元帥、ヴァングヒル侯爵だ。体が大きく、手や顔に刀傷が残る、いかにも武人といった体《てい》の厳《いか》つい男は、入室するなりクラウディオの前で跪《ひざまず》き、首を垂れた。

「この度は大変申し訳ございませんでした!!」

トップの謝罪に、冷や汗をかいていた第二十三中隊は更に顔を青くして膝を突いた。

それらを横目に、ハンナがクラウディオの元に小走りにやって来た。口元を隠してそっと耳打ちする。

「捏造《ねつぞう》完了です。書類をどうぞ」

「よくやった」

クラウディオはハンナが持って来た書類をひらりとヴァングヒル元帥の前に差し出した。

「よく見ろ」

頭を上げた元帥は書類を受け取り目を通すとブルブルと震え出した。

「二十日前に……婚約？」

その呟《つぶや》きにクラウディオは心底悪い笑顔を浮かべた。

「そうだ。攫われた上級聖女ソニアは、我が父前皇帝陛下救命の功績により、二十日前に僕の婚約者となった。公式発表されていなかったとはいえ、僕が婚約者を救う為に動くのを妨害した第二十三中隊の罪深さが、わかるな？」

その瞬間、軍人達から顔色が消え失せた。全員が紙のように白い顔で、中隊長を凝視している。皆の視線を一身に集めた中隊長はヒュッと息を止め震え出した。

「そ、そんな……」

「今回のニーマシー相手の作戦の全指揮権を僕に移譲してもらう」

「はっ！　御意に！」

再び頭を下げた元帥を視認して、クラウディオはテーブルから脚を下ろし立ち上がった。

「では、第一師団から選りすぐりの一個分隊を貸してもらえるかな？　そうだな、操船経験者がいい。それからデザイゲートへ軍隊を送り、不正証拠の確保と魔法陣の追跡もそちらでしてくれ。ニーマシーへの本作戦も同時進行だ。そうだ丁度いい。馬も兵糧もデザイゲート領主館から拝借しよう。作戦に関わる兵は準備が出来次第第二ーマシーへ向けて列車で急行するように。ああ、第二十三中隊隊長は二等兵に降等だ」

「はっ！　仰《おお》せの通りに」

「えっ!?　……ああ、そんな……」

クラウディオが集会所から出ると、ニコラが駆け寄って来た。

「クラウディオ様！　ヴィルジュ様へ連絡つきました〜！」

「整備にどれくらいかかるって？」

「三十時間だそうです」

「長い。二十四時間以内だ」

「伝令出しまーす！」

馬車へ向かう途中、また別の側近から報告が上がる。

「皇帝陛下、オーガス国王の許可取り完了です！　ペキュラにも話は通しておきました」

「ご苦労」

馬車乗り場に着く。御者台にはロハンがいた。

「やはりロハンが一番早いな」

「お褒めに与《あずか》り光栄です。今回は近場ですが最速で参ります」

「頼むよ」

目的地は王家が所有する避暑地、北へ馬車で二時間程で着く湖がある離宮だ。伝令を終え書類を抱えて戻ってきたニコラと二人で馬車に乗り込む。

走り出した馬車の中で、各機関への報告書を作成する。屋根にトンッと軽い着地音がすると、窓からするりとメモが滑り込み、再びトンッと去っていく音がした。

「クラウディオ様！　これを」

メモはリーナからの伝言だった。

「〝聖女のピアスをソニアのポケットに捩じ込んだ〟……。聖女リーナに特別給を弾まないとだな」

聖女のピアスは聖女攫い対策で、発信機が内蔵されている。プライベートをずっと記録されるのは嫌だという彼女達の意見から、緊急時のみ受信機の使用が許可される。

クラウディオは追加でそちらの使用許可願書を作成した。


補給物資の確認と手配をしている間に、クラウディオは離宮へと到着した。だが、離宮に入らずに湖へと直行する。

「ランドリックはどうしてる？」

「ヴィルジュ様は先頭きって整備に励んでいるようですよ～」

その様子を想像して、クラウディオは少し口元を緩めた。

ランドリック・ヴィルジュ。オーガス出身の彼は学生時代にテノラスへ留学してきた。クラウディオの同級生で、異次元すぎる魔導具開発の発想を持っており、あの魔導列車の設計者だ。

クラウディオが魔導燈の全国普及に力を注いだのも、ランドリックの影響が大きい。

彼とクラウディオは学生時代に馬鹿な悪ノリの果てに、ひとつの乗り物を考案していた。

『空飛ぶ城で休暇を過ごしたい』

疲れてそうぼやくクラウディオに、冗談で返す事なく、ランドリックは賛同した。

『なんだそれ、最高か。動力の魔石の属性とバランスと……動力源は列車とは別に新たに構築して……飛ぶだけじゃなく浮くように……』

十年以上前のそれが、形になったと最近連絡を貰《もら》ったのだ。

試運転の許可は、データ提供を条件に周辺国から既に返答を得た。根回し完了である。

クラウディオは湖の畔《ほとり》に降り立ち、眼前に聳《そび》える塊を見上げた。

既に日は落ち、辺りは夥《おびただ》しい数の魔導燈に照らされながら無数の作業員が行き交っている。

形は双胴船に似ていた。中央連結部分に平型の胴体部を挟んだ、横長の双胴船といえる。魔石を練り込んだ素材で作り上げた艇体は暗紫色で、魔導燈の灯りを反射して明るい紫に煌《きら》めいた。

ニコラは横で見上げながらポカンとしている。ロハンはこの悪ノリが理解出来るのか、キラキラした目で見上げた。

クラウディオも口端を持ち上げる。

「これが双胴船型魔導式滞空艇、アンシェル」

離宮の一室で、クラウディオは黒銀の詰襟に袖を通した。

軍事力で成り上がったテノラス王家の正装は軍服がベースである。軍が王家から分離した三十年前から、貴族はそれぞれ他国の流行を取り入れ正装が多様化していったが、王家はアレンジを加えつつも未《いま》だに詰襟が多い。

支持を集める為に伝統だ改革だと騒ぐ貴族の様子を思い出して、クラウディオは鼻で笑った。

（今回の第一師団のやらかしと僕からの一方的な降等処分。また下らなく揉《も》めるんだろうな）

前身頃を閉じると、身支度を手伝っていたハンナが背後から襟の高いコートを肩に掛けた。それに袖を通すと、次いでマントも掛けられる。前に回り留め具やチェーン、飾り紐を留めながら、ハンナは口を開いた。

「一方的に婚約した状況にしてしまった事……嫌われますよ」

無表情だが揶揄《からか》う気配を漂わせる。クラウディオは眉間に皺《しわ》を刻み、その頭頂部を見下ろした。

「これが一番波風立てずに最速で向かえる方法なんだ。ソニアが嫌がるなら、白紙撤回でも殴られてもするさ。……ただ、生きて帰って来てくれればいいんだ」

マントを留め終えたハンナは少しだけ口の端を上げて離れた。白手袋を取り、手渡す。

「ソニア様は意外と雰囲気を読むのが上手《うま》いですからね。無駄に逆らって命を落とす事は無いと思いますよ」

「ソニアを言いなりにさせてるとしたら、それはそれで苛立《いらだ》たしい」

クラウディオは受け取った白手袋を嵌《は》めた。前髪を掻《か》き上げて、軍帽を被《かぶ》る。

「絶対に助ける」


整備員が用具を木箱に詰めて撤収していく間を、マントを翻しながら悠然と進む。滞空艇の乗り口でゴーグルを首から下げた赤髪の男がニヤリと笑って手を上げた。

「待たせたな」

「ランドリック、一時間オーバーだ」

「墜落するより良いだろう？」

機械油の滲《し》みたつなぎを着たランドリックは粗野に見えるが、その灰色の瞳《ひとみ》は知的で鋭い。目の前を通り過ぎたクラウディオの後ろを、ランドリックが話しながらついてきた。

「こっちで乗せたい奴は整備員十名と記録係が三名、操縦士は俺入れて三名だ。全員身元の裏取りは出来てる」

「以前操作が船と似ていると言っていたから、操船経験のある奴を十名用意した。選んだのは僕じゃないが」

「整備の傍《かたわ》ら二時間くらい研修したけど飲み込み良かったぞ。交代しながら適当に使わせてもらう」

「構わない。好きにしてくれ。僕の方は隠密二名、騎士二十名だ。通信機器は好きに使わせてもらうぞ。最大何人乗れる？」

「テスト段階では最大百五十八人乗った。だがその時の滞空実施時間は一時間程だ。それより先は未知だから注意しとく」

「頼んだ」

話している間に操舵室へと到着する。

既に六人が座席に着いて、計器類を確認している。

クラウディオもランドリックが指示した中央の座席に着いた。安全ベルトを締めて脚を組む。

（ソニア……。生きていてくれ）

ピアスの受信機は既に滞空艇に搭載されていて、その方向や距離は計測されている。

「浮上する！　全員着席してベルトを締めろ！」

ランドリックの掛け声に緊張が走る。飛び立ちまでの秒読みが始まり、座席に着いた人達から嚥下《えんげ》音が聞こえた。

「三、二、一、浮上！」

ぐあ、と体に圧力がかかる。昇降箱で体感するものに似ているが、あれよりずっと負荷が大きい。

計器の前に座った乗組員達が高度や風力、圧力などの数字を読み上げ、ランドリックが細かく操舵の指示を出す。指示が落ち着いた時には、艇体のぐらつきは無くなり、フロント前には雲の海が広がっていた。

「浮上成功！　航行開始する」

ランドリックが声がけすると操舵室の面々から歓声が上がった。そのまま立ち上がりクラウディオに近づく。

「ベルト外していいぞ。どっか案内するか？」

「設計図から極端に変わってないだろう？　案内は不要だ。……ああ、射出機は無いんだったか？射出口も？」

「おい、これ戦艦じゃないぞ。お前が休暇を過ごしたいって言ったのが発端だからな？　そもそも俺の平和主義に反する。緊急脱出口と整備用の出入り口だけだ」

「ちっ、まぁいい。どのみちコレが最速だからな」

「今回クラウディオのおかげで試験運転までスムーズに進んで助かるぜ」

到着まで大体十四〜十五時間と聞き、クラウディオは立ち上がり、操舵室の端にある通信機へ向かった。通信機の前にはハンナが座っていて機器を調整している。

「聞けそうか？」

「雑音が混じりますが大丈夫です。早速ですがソニア様の足取りが掴めたようです」

興味深そうにランドリックも横で聞いている。

「デザイゲートから更に国内で三回、オーガスで二回転移。その後列車に乗り込みオーガス最南端へ。拉致《らち》からおよそ二十時間程でニーマシーの砂漠地帯到達しているそうです」

列車を使ってもテノラス帝都からオーガス南端までは四日かかる。二十時間は早い。だが。

「列車？　オーガスからニーマシーへは転移してないのか？」

かつて転移陣は戦争をしていた時代に多く使われ、大都市を一夜にして壊滅させる作戦が多発した。今では都市部から離れた農村にしか残っておらず、使用も禁止されている。

今回クラウディオが最速の追跡にアンシェルを使用したのは、生きている転移陣が近くに無い事と本来転移陣をそうそう使う事が出来ないという理由がある。

「協力いただいたオーガス騎士団の報告によると、拉致犯は多分六人だろうと。違法転移陣が小規模な事からも十人以下で間違いないです。転移六回、と思うと一人一回しか転移させる魔力が無いんでしょうね」

「お粗末だな。本当に国がらみか？」

「ニーマシーは魔力の多い人が少ない国です。これでもかき集めたのではないでしょうか？」

ハンナは肩をすくめて通信機に向き直った。新たな情報を待つようだ。

「クラウディオ、マジだな」

「悪いか」

ランドリックの感心した目にクラウディオは舌打ちしたくなる。ランドリックはクラウディオの肩を叩《たた》き艇体制御装置の様子を見に行くと言って操舵室を出て行った。個室もあると言われたが、クラウディオは落ち着かず最初の座席へと戻った。


航行は安定して、夜間に発進した滞空艇は次の日の昼前にはニーマシーの砂漠地帯を視界に捉えた。

そろそろ目標に近づいてきたとあって、休憩や仮眠をした面々が操舵室に集まる。

「そろそろのはずなんだが……」

ランドリックが受信機と計器を見比べながら窓の外に視線を動かす。幸い雲は無く、黄色い砂の大地が良く見通せた。

クラウディオも受信機を見る。だが一瞬ノイズが走りピアスの位置情報が消えた。

「なんだ？」

一拍置いて、南下した位置にピコっと光点がつく。

「……転移した？」

「何があったんだ。よし、少し高度を落とそう。立ってるヤツは何かに掴まれ！」

「は、はいっ！」

ランドリックが声をかけ、操舵室内に立つ人達が慌てて近くの壁際や座席に寄る。

昇降舵を握る操縦士が指示を受けて、汗をかきながら艇体を傾けた。前傾に重力がかかり、立ったままの人達が踏ん張る。

「よし、いいぞ」

手の空いた者が双眼鏡を持ち前面から各方向へ視線を向ける。

「あっ！　何か落ちてます」

正面を見ていた者が困惑の声を上げて、全員がそちらを見た。

解《ほど》けた荷が転々と道標のように続き、その先にラクダがいた。矢で射られ事切れたラクダが。

「……ランドリック、着陸は可能か？」

「出来なくはないが離陸に時間がかかる。襲撃などの緊急事態を想定してギリギリまで高度を下げるから梯子《はしご》で降りろ」

滞空艇がゆっくり進むと、また死んだラクダがいた。散らばった荷物と集団で事切れたラクダに、操舵室内の空気が深刻なものへと変わり、全員が四方を警戒する。

「わかった」

整備士の案内の元、艇体下のハッチが解放され梯子を下ろす。クラウディオは騎士十名を伴い砂漠へ降り立った。

（ソニア、無事でいてくれ）

祈るように辺りを捜索する。

「クラウディオ様！　こちらへ！」

ロハンに呼ばれ、砂山を踏みしめて登る。天辺《てっぺん》まで行くと、血塗《ちまみ》れで倒れている男達が見えた。

騎士の一人が、驚愕《きょうがく》した表情のまま固まっている首を、砂の上で支え起こした。

「クラウディオ様、こちらを」

「……ニーマシーの第三王子か」

近くの砂に大量の血が染み込んだであろう赤茶けた跡がある。クラウディオは表面を掘り返し砂の中を触る。

「この炎天下でまだ乾いていない」

「こちらの死体の血も乾ききっていません。奇襲を受けてそう時間は経っていなさそうですね」

ロハンも腹部から大量の出血をして事切れた男を調べてそう告げた。時間が経《た》っていないのに、辺りに人の気配がしない。二人は視線を交わして眉を寄せた。

積まれた男達をひっくり返しひとりずつ確認している騎士からも声がかかった。

「クラウディオ様！　ひとり、息があります！」

「！　話は聞けるか？」

男は薄っすらと目を開けた。別の騎士が水筒をあてがい水を一口飲ませる。

「誰にやられた？」

「……第二、おぅ……じ」

「第二王子？　どこへ行った？　聖女は？」

クラウディオの矢継ぎ早な質問に、男は震える指で一点を指し、絞り出すように言った。

「てん、い……」

それだけ言ってガクリと力が抜ける。騎士達が男の脈を取る。

「まだ生きています。気絶したようです」

「滞空艇に運んでくれ。出来ればニーマシーの内部情報も聞きたい」

「はっ」

数人で運び込みにかかる間に、クラウディオは男が示した場所へと移動した。どんな痕跡も見逃さないようにゆっくり注意深く辺りを歩く。

「てんい……転移、だよね」

「そうだと思います」

背後をついてきたロハンも警戒して探り探り歩く。そう離れてない、死体から十歩程歩いた場所でクラウディオは足を止めた。

「魔力の気配がする」

気配に向かって少し魔力を流すと、反応した魔法陣がほんのりと光を放った。同心円の輪が広がり、円と円の間に転移先座標などが示された魔術式が浮かび上がった。

「転移陣だ！　砂の中に転移陣が隠されている。まだ使えるな。急ぎ座標を地図と照合しろ！」

「はっ！」

忙しく動く騎士の間をひゅう、と熱い南風が吹き抜ける。クラウディオは吹き付ける方を睨みつけて、拳をきつく握った。

「ミーマシー。ただで済むと思うなよ……」

七章✧奪還

額にひやりと濡《ぬ》れた感触がして、ソニアは薄く目を開けた。

「……っ」

（熱い）

声を出そうとして、掠《かす》れた吐息が洩《も》れる。目がよく見えずに何度か瞬《まばた》きをして、部屋が暗いのか、と気がつく。

ソニアの身じろぎした気配を察知して、傍《かたわ》らのランプに小さく火が灯《とも》った。

ランプの灯りに照らされてやっと視界が広がった。アリシャ、と名前を呼ぼうとしたが、ヒュウと喉が鳴っただけだった。

上体を起こそうとして、余りの体の重さに呻《うめ》く。そのちょっとした動きで、左脚に激痛が走った。

「ソニア、起き上がれる？　お水飲む？」

「っう……！」

「ソニア、無理しないで。熱が凄《すご》いんだ。それに脚の色が悪くなっていたから、締めていた矢は外しちゃったんだ。傷口をきつく結んではいるけど、血は止まってないからあんまり動いちゃダメだよ」

アリシャは起き上がれないソニアを見て、乾いた布巾を頬とベッドの間に挟み込んだ。細い口の付いた水差しをソニアの口元に近づける。

「このまま注ぐね」

ソニアが微《かす》かに頷いたのを確認して、アリシャは水を注いだ。慎重に口が湿るくらいの量をちびちび入れてくれて、ソニアはやっと声を出した。

「ありがと、だいじょぶ」

「うん」

部屋に視線を巡らせる。ソニアが横になっているのは天蓋付きのベッドで、広さはセミダブルくらい。室内の装飾に豪華さは無いが、必要な家具は揃《そろ》っているようだ。窓もある。少なくとも地下室や屋根裏のような、あからさまに拘束されている雰囲気や閉塞感は無い。

もう一度アリシャを見る。

「ここは?」

「ミクダム兄上、えっと二番目の兄上の離宮だよ。ニーマシー宮殿の敷地内にあるの。僕にソニアの面倒見るように言って、部屋に鍵をかけられちゃったんだ。あ、でも水とご飯は運んでもらえるから、安心して」

「そうか」

アリシャがすぐ殺される事は無さそうな状況にひとまずホッとする。

だが第二王子の離宮と聞いて、とてもじっとしていられない。ミクダムはハルーンより遥《はる》かにヤバそうだ。手勢も多いし、会ったニーマシー人の中で一番魔力が高い。何よりハルーン程聖女を重要視していない気がする。

ソニアは身体《からだ》の中で魔力を循環させる。

「アリシャは、けが、どうだ?」

「大丈夫。ソニアが治してくれたんでしょう?」

「ん」

ソニアの手を握ったアリシャが涙ぐんだ。

「ありがとうソニア。ごめんね。僕が気絶なんてしなければ」

「だいじょうぶ、だ。まだ、いきてる」

とは言え、このままでは良くない。自分だけなら殺されないと思うが、アリシャがわからない。

アリシャは連日大きい傷を魔法で治療している。今は頑張《がんば》ってくれているが、次の治療の時に体力がもつかどうか。アリシャの指が全部揃っているうちに、一刻も早く動きたい。

「アリシャ、たべもの、あるか?」

「あ、うん! フルーツがあるよ。待ってて」

アリシャはリンゴのように赤い果物を持ってきた。それを果物ナイフと手で二つに割ると、中も赤く、小さな粒が沢山《たくさん》入っていた。その粒をひとつ摘《つま》んでソニアの口に入れる。

噛《か》むと強い酸味と爽やかな甘味が舌を流れる。小さなその欠片《かけら》を、中に入った種ごと噛んで飲み込んだ。

「おいしい」

「良かった！　はいもうひとつ」

正直食欲は無かったが、食べねば動けない。ソニアは無心で胃に入れ、四分の一程食べて再び水を貰《もら》った。

水分を摂ったからか、起き抜けより熱が下がった気がする。

「いま、なんじ？」

「夜中だよ。一時くらい」

「そか。アリシャも、やみあがりだ。ねて」

「うん、そうするね」

少し喋《しゃべ》っただけで息が上がる。熱を持った傷口は鼓動と連動してズクン、ズクンと痛む。

(痛みで消耗しそうだ。熱だけでも下がれば)

ソニアは目を閉じた。魔力を循環させたままうとうとし、時折脚の痛みではっと目が覚める。

寝落ちで止まっていた魔力循環を再開し、またうとうとし、と繰り返して夜明け前の事だった。

痛みじゃない、異変で目が覚めた。

(なに)

ざわ、と肌が粟立《あわだ》つ。右手を動かすと、指先に髪の感触が当たった。アリシャがベッドに突っ伏して眠っていたのだ。

「アリシャ、起きて」

頭を軽く揺すると、アリシャが目を擦《こす》って起き上がった。

「ソニアどうしたの？　大丈夫？」

「なんか、変な、かんじがする」

寝ぼけたままのアリシャが窓の外を見て、目を見開いた。駆け寄って窓に顔をくっつける。窓にも鍵がかかっているようだ。

「宮殿が、燃えてる……！」

耳を澄ますと怒声や叫び声が微かに届いた。

星空を真っ黒に覆う煙に、アリシャが息を呑《の》む気配がソニアまで届く。

「どうしようソニア……誰か……誰かいないの？」

アリシャはドアへ近づき耳を付け、部屋の外を窺《うかが》うが、人の気配は無い。

「どうして……もうみんな逃げちゃったのかな」

動揺するアリシャを見て、ソニアは息を切らしながら身体を起こした。慌ててアリシャが戻って来て、体を支えてくれる。

「アリシャ、窓を破ろう」

「窓から出るの？　無理だよ、ここ三階だよ！」

「布を繋《つな》いで、ロープにしよう」

「でも、でもっ」

アリシャは首を横に振ってソニアの脚を見た。

「あたしは大丈夫。聖女は殺されない」

「置いて行けない！」

ソニアは少し思案して、言った。

「じゃあ窓から出て、ドアを開けに来て欲しいっス」

「えっ……」

「鍵を探して、外からドアを開けるんだ。出来る？」

ソニアはアリシャを落ち着かせるように、微笑《ほほえ》んだ。

アリシャは視線を彷徨《さまよ》わせて、迷った末に頷《うなず》く。

「わかった」

二人で部屋にある布を結び繋げる。長さは足りなかったが、一番端に掴《つか》まれば、爪先《つまさき》と地面の距離は二メートルくらいだろう。飛び降りられる。

ソニアは立ち上がり部屋にある椅子を掴んだ。

(気張れ！　あたし！)

深呼吸をひとつして、渾身《こんしん》の力で窓へ投げつけた。

「おりやあぁぁぁ!!」

バシャアン！　と大きな音を立てて窓ガラスが割れる。途端に一気に部屋がきな臭くなった。こちらは風下なのかもしれない。幸い、切り出した岩で出来た宮殿は燃え広がりが遅そうだ。

歪《ゆが》んだ窓枠を手で強く押す。鍵が壊れて、軋《きし》みながら開いた。

「よし。アリシャ」

「う、うん！」

アリシャが布を垂らし、恐る恐る窓の外に出た。足を滑らせながらも、何とか降りきる。

「ソニア！　待っててね！」

ソニアはニコリと笑って手を振った。走り去るアリシャの背中に小さく告げる。

「バイバイ、アリシャ。そのまま逃げろよ」

深くため息をついてその場に崩れ落ちる。

「あー、しんど」

少し休憩したかったが、窓を破る音が大きかったからか、足音が近づいて来た。

ソニアはベッドの下に潜り込み、影の濃い場所に身を縮めた。

鍵が開けられ、勢いよくドアが開く。

入ってくる足音はひとり分。部屋を横断して窓から下を覗《のぞ》いた。

『クソッ、逃げやがった！』

窓から出たと思ったらしく、大して部屋を捜しもせずに、足早に出て行った。ドアも開けっ放しだ。

「へへ、ラッキー……」

ソニアはベッド下から這《は》い出す。サイドテーブルの水差しから直接口を付けて飲み、気合を入れた。

ついでに横に置いてあった果物ナイフを拝借する。

「よし、行くか」

脚を引きずって、部屋から出る。突き当たりの部屋だったらしく、廊下は目の前に伸びる一本。少し進むとすぐ階段だった。

「わー、さむっ」

砂漠の夜は寒い。冷えた壁に身を預けて、転げ落ちないように一段ずつ降りて行く。

「本当、人の気配がないなぁ。やっぱもうみんな逃げたのか」

一階まで来ると流石《さすが》に人がいた。ひとりが指示を出し高価そうな荷物を運び出して行っている。

隙をついてドアの開いた部屋に入り込み、窓から外へ出た。

「ニーマシー大丈夫か。緩すぎるぞ」

息切れしながら、まだ喋れる自分は大丈夫だな、と思う。

「どっちに、逃げたらいいのかな」

辺りを窺う。離れた宮殿からは黒煙がもうもうと上がり、周辺がオレンジ色に照らされている。焦げた臭いが満ちていて息苦しい。

「宮殿方面に行って、避難している人に混ざれるかな」

とりあえず自分を知る人がいなそうな方に向かおう。ふらりと足を向けた時、背後から声をかけられた。

「聖女ちゃん」

ぞっとする、場にそぐわない明るい声。

「約束、守れなかったね」

ゆっくりと振り返る。

「ざーんねん」

ミクダムが曲刀を振り上げていた。その側には二人の部下と、口を塞がれたアリシャ。

ソニアは痛みも忘れて、果物ナイフをミクダムに向けて突き出した。

「やめろおぉぉぉ!!」

死んだら何がどうあっても助けられない。もう戻せないんだ。

必死に伸ばした腕は、向きを変えたミクダムの刀に払われて、ソニアの手の甲から肘までスパッと縦に切れる。

「あー、ウザ」

血の筋が鮮やかに孤を描いて宙へ散った。

＊＊＊

その日、セイディア・グラスティはけたたましくドアを叩《たた》く音で目が覚めた。

朝方まで病院で働き、帰って軽食を食べて眠る。それがここ三ヶ月の生活スタイルだった。

時計を見れば午後三時過ぎと、いつもの起床時間より少し早い。部屋を出て玄関ホールへ降りると、家政婦が対応していた。

「どうしました?」

声をかけると客人がホールから身を乗り出してこちらを見てきた。

軍人だ。テノラス帝都を拠点に動く第一師団の制服で、一等兵の階級章を着けていた。

その男は顔を見るなり青ざめた。

「セ……セイディア・グラスティ六位従騎士？」

「はい、そうです。作戦に動きがありましたか？」

セイディアの答えに男は小さく「嘘《うそ》だろ」と呟《つぶや》くと、踵《きびす》を返して走り出した。

セイディアは怪訝《けげん》に思いラナに声をかける。

「何の用だったんだ？」

「わかりません。ただ、セイディアお嬢様はご無事かとそれだけで」

家政婦も困惑していた。しかしセイディアの無事を確認しに来るなど何かあったに違いない。

急ぎ部屋へ戻り、身支度をした。胸騒ぎに従い、最近やっと慣れてきた聖女の制服ではなく、騎士服に袖を通した。鏡を見ながら空色の髪を高くポニーテールに括《くく》る。

セイディアは自身の薄い褐色の肌を見て、母親に思いを馳《は》せた。


セイディアの母はニーマシー出身の踊り子だった。興行でテノラスへ来た時、父が一目惚《ぼ》れをして猛アタックしたそうだ。

父は全財産を叩《はた》いて母を身請けし、二人は結婚した。お金が無く、式は挙げられなかったそうだが、父は母をとても大切にし、母もまた父を愛し、二年後にセイディアが生まれた。

だが母は産後に体調を崩してしまった。特に雨が多い季節はベッドから起き上がれない日もあった。

セイディアが五歳の時、父はやつれゆく母に耐えられなくなり、母を母国へと帰した。

母は国へ帰ったものの、マメに手紙をくれた。父も年に一度必ず長い休暇をとり、セイディアと二人で母と会いにニーマシーへ旅行をした。

父は母へ仕送りをしていて、母は慎ましく暮らしていた。離れていても愛している、一緒に暮らせなくてごめんねといつも伝えてくれた。

セイディアも母が大好きだ。

だから今回の作戦の話が回ってきた時、一も二もなく頷いた。軍部は反王派が多く、王家直属の機関である騎士団と仲が良くない。

これは軍部の作戦であったが、それでもいい。母を消えゆく国に残しておけないし、母の母国を、ニーマシーで交流した人々を助けに行かなければ、と。

父は母の為にオーガスの南端に家を用意している。そこはニーマシーに気候が近い。作戦が成功すれば、全て上手《うま》くいく。


上手くいくはずだったのに。


「父上、今何と?」

「お前の代わりに、クラウディオ皇弟殿下のご婚約者であらせられるソニア様が連れ去られた。作戦は……失敗だ」

身支度を終えて家を出ようとした丁度その時、息を切らせて帰宅した父がもたらした報告は最悪の一言だった。

「ま、待ってください。皇弟殿下のご婚約者ということは……皇族、扱いで、つまり」

「皇族を巻き込んでの失態の処分は、斬首だろう。とにかく、我々は騎士団本部にて待機を命じられている。これ以上失点は増やせない。すぐに向かおう」

「わかりました」

父と二人騎馬を走らせ、死刑台に登る気持ちで城へ向かう。城の敷地内にある騎士団本部へ到着すると、セイディアが所属する第七騎士団の、団長が待ち構えていた。

「二人とも馬から降りず、そのまま城門前広場に戻りなさい。皇弟殿下のご命令です」

親子で青ざめると、団長はふふ、と笑った。

「貴方達《あなた》、驚愕《きょうがく》の顔がそっくりですねぇ。大丈夫、皇弟殿下は非常に効率的な方です。無駄な事はなさらないでしょう」

「はい」

弱々しく返事をし、城門前広場へと向かう。そこには既に騎士が十数人集まっていた。

それからはあっという間だった。

その場にいる全員で北の離宮へと移動、その日はそこに宿泊。次の日は朝から作戦会議と一通り操船の説明を受け、仮眠の後、夜中に鎧《よろい》を着けて集合がかかると、とんでもない船へと乗せられたのだ。

空飛ぶ船へと。

「皇弟殿下がソニア様をお助けする船に乗せられたという事は、挽回の機会をいただけたという事で良いのでしょうか」

「そうだな。全力を尽くそう」

父と強く頷き合い、気を引き締める。

空飛ぶ船はたった半日でオーガスを越え砂漠地帯へ突入した。

ニーマシーへ到着する少し手前の砂漠で、争いの痕跡が見つかり、調査の末作戦の変更が伝えられた。

騎士の待機する部屋へと現れたのは、第一騎士団副団長のロハン・クグロワーツ一位正騎士だった。皇弟殿下の騎士を務める彼は、同じ騎士と言っても雲の上の存在だ。

部屋にいる他の騎士達もピリッと整列する。

「今回、ソニア様奪還作戦と並行して、本来軍部が行うはずであったニーマシー陥落作戦も行う事になった」

全員を見回していたロハンの目がセイディアでピタリと止まる。

「よってセイディア・グラスティ六位従騎士はニーマシー陥落後、このままニーマシーに逗留《とうりゅう》し聖女の仕事へと移行するが、問題や希望はあるか？」

咄嗟《とっさ》の事でセイディアは言葉に詰まる。

「あの、本来の、作戦失敗の責任は」

「それについて、全ての責任は軍部に取っていただく。問題は無いという事でいいか？　他に希望は？　侍女やメイド、待遇等あれば考慮する」

『無駄な事はなさらない』という上司の言葉をじわじわと実感する。クラウディオへの忠誠心もまた、同じように上がっていく。

　セイディアは胸に拳を当てて背筋を伸ばした。

「いいえ、ありません。その任務謹んで拝命いたします」

「ニーマシー制圧までは騎士として動くように」

「はっ！」

　続いてロハンは隣の父を見る。

「グラスティ三位正騎士に問題や希望はあるか？」

「は、ニーマシー陥落後幾つか家の指示書を家政婦に送る事を許していただけるなら、当初の予定通りセイディア・グラスティ六位従騎士の護衛として残る事を希望します」

「了承した。では只今をもって作戦を開始する！」

　そのまま退室されるのかと思ったら、父と二人、ロハンに呼び出された。

「幾つか聞きたいことがあるので、こちらへ来てくれ」

「は！」

　ついて行った先は操舵室だった。中は存外広く、設置されたテーブルには資料と共にニーマシーの地図が置いてあった。

その側にはきっちりと軍服を着込んだクラウディオがいた。

調査で砂漠に降り立ったはずだが、砂埃《すなぼこり》ひとつの汚れもなく、白い肌は作り物のように美しい。圧倒的な存在感を放つ紫の瞳《ひとみ》が、こちらに向けられれば恐ろしさを感じるほどだ。

ロハンに促されて地図に近づく。

「先程砂漠で転移陣が見つかったが、転移先の座標について詳しく聞きたい」

「は。どの辺りでございましょうか?」

この時ばかりは(さすが父上!)と父を褒め称《たた》えた。皇弟殿下の前で咄嗟に返事が出るのは経験値の差だろう。

地図上で示された場所は宮殿から東の方だ。

「ざっくりとしか存じ上げませんが、宮殿の北は側室用、東は王子用、西は王女用の離宮があるそうです。なのでこの辺りは王子用離宮があるエリアでしょう。申し訳ありませんがどの王子かまでは」

ロハンはひとつ頷き、別の資料を示す。そこには先程砂漠で見つかったという転移陣が描き写してあった。

「こちらの転移陣は軍隊も送れる程の大型転移陣だった。それ程魔力を持った王子、若《も》しくは王子の側近に心当たりはあるか?」

父と視線を交わす。ニーマシー王族にそれ程の魔力持ちはひとりしかいない。

「それでしたら第二王子で間違いないでしょう。彼の祖母はペキュラ出身で強い魔力を継いでいる事はニーマシーでは有名です。それにより、第一王子より王位に近いと」

皇弟殿下は形の整った唇を動かした。

「情報感謝する」

畏《おそ》れ多くも直接のお声がけに、ぞわ、と鳥肌が立ち反射で腰を直角に折った。

「「勿体《もったい》ないお言葉でございます」」

声がハモったな、と思ったら父が全く同じ行動をしていた。親子だもんな。

ロハンが可笑《おか》しそうに眉を歪《ゆが》めた。恥ずかしい。

「ありがとう、部屋に戻り待機するように」

「「は！　失礼致します」」

待機部屋へ戻った時には二人して深く息をついた。


砂漠まで進んでいた船は、方向転換しテノラスとオーガスの国境まで戻った。前もってデザイゲート領主の取り調べに来ていた軍の一部隊を、急ぎ国境まで移動、待機を命じていたらしく、そこで中隊総勢百二十名を船に乗せ、再びニーマシーへと舵《かじ》を切った。

ひとつの国を落とすのに百二十名等微々たる戦力だが、今回の作戦は奇襲だった。

奇襲をかけ、王の首を取れれば我々の勝ち。

本来の作戦なら首を取るまではなかったのだが、「一番強い聖女を連れてきた者を時期王に」と、騒動をけしかけ、被害に遭ったのは帝国の皇族の婚約者。人攫《ひとさら》いを増長させたとし、その責任を取らせる形だ。

中隊は宮殿の制圧、セイディア達騎士総勢二十名に命じられたのはソニアの捜索、保護だ。

夜中のうちに砂漠の転移陣の場所まで移動し、兵士と騎士が全員降りる。

ロハンが前に出て声を張った。

「これから転移陣にてニーマシー宮殿の敷地内に移動する。先行している隠密の指示にて指定の場所で待機。空が白み始める前の夜陰に乗じて作戦を実行する。転移陣発動時は光を発する。移動後すぐは警戒するように」

それだけ言うと、小隊ごとに整列し、転移陣の上に並んだ。

「クラウディオ様、お願いします」

皇弟殿下が屈《かが》み転移陣に触れると、地面が淡く円状に光る。

セイディアはテノラス国内にて転移陣の使用禁止令が発布された後に生まれた世代だ。初めての転移陣に緊張し身構える。

足元が無くなった、とバランスを崩した瞬間、既に違う場所に立っていた。

ハッとしロハンの方を見ると、手振りで散開の合図を出していた。

それぞれが静かに素早く移動を開始する。思っていたより見張りが少ない。と言うかいない。

気がつくと、茶色の髪をきっちりとひとつに纏《まと》め、ニーマシーの使用人服を着た女が、音もなくロハンの前に立っていた。

「すみません、時間が少なくソニア様のいる建物はわかりませんでした。見張りは極力減らしてあります」

「わかった。ご苦労」

女は頭を下げると再び音もなく消えた。

ロハンは待機中の騎士の方を見て小声で指示を出す。

「夜明け前に宮殿から火の手が上がる。それが合図だ。合図があったら二手に分かれて端から建物を確認していく。ソニア様を発見したら照明弾で知らせるように」

二手に分かれて最初に捜索に入る建物の近くで待機する。ロハンとは捜索隊が分かれ、セイディアの隊は父が指揮することになった。

暫《しば》し待つと、宮殿から黒煙が上がった。父が突入の合図を出し、窓から侵入する。

建物の中は人の気配が無かった。王位継承のいざこざで兄弟同士で殺し合いがあったという噂《うわさ》に現実味が増す。家具や身の回りの物が一通り揃っているのに、暮らしている人がいないのだ。

淋《さび》しくなった小さめの離宮を一通り確認し、次の離宮へと侵入する。そこも同じような状況だった。

次の離宮へ向かおうとした時、叫び声のような、女性の声が聞こえた。

他の騎士達の耳にも届いたらしく、全員の足が止まる。父が手振りでそちらに向かう指示を出し、身を低くして駆け足で向かう。

「っ！」

地に伏す女性に、男の子が必死に呼びかけている。男の子は両腕を掴まれるも、がむしゃらに抵抗して泣いていた。

「ソニア……ソニアァ！」

血のついた曲刀を構えた男が、ため息をついた。

「あーあ。新しいの探すのメンドイなぁ」

そう言って刀を振り上げる。

セイディアは咄嗟に物陰から飛び出した。ソニアと呼ばれた女性の前に滑り込み、抜刀して相手の刀を受け止める。

「あ？　誰だ、お前」

男がセイディアに気を取られた瞬間に、父が照明弾を放った。

「うわっ!?　くそ、なんだ！」

周囲が明るくなった隙に他の騎士が展開する。仲間達が敵三人を包囲するところを見届けて、セイディアはソニアの横に屈んだ。

そっと仰向《あおむ》けに返し、僅《わず》かな明かりの中で白く浮かび上がる顔色にギョッとした。清らかな聖女服はべとりと血に染まり見る影もない。

セイディアは肩に手を当てて耳元で話しかけた。

「ソニア様！　わかりますか？　聞こえますか？」

はっはっ、と浅く短い呼吸を繰り返し、目は開いているものの視線は虚《うつろ》に宙を彷徨う。手足の傷は深く、体温が低い。

ウエストポーチから包帯を取り出して腕にきつめに巻きつける。一本しか持っていなかったので全然足りない。包帯は巻いた先からじわじわと赤く色を変えていった。

誰かもう一本、と仲間を振り返ろうとした時、ゴウと大きな音を立てて爆風が駆け抜けた。一拍遅れて仲間達の悲鳴が聞こえる。

「なっ⁉」

腕で顔を庇《かば》いながら振り返ると、仲間は全員弾《はじ》き飛ばされてミクダムただ一人がそこに立っていた。

「んっとにムカつくなー」

ミクダムは軽く服を払うと、その視線をセイディアへと向ける。いち早く体勢を立て直した父が、剣を構えてセイディアの前に立ち塞がった。セイディアも腰を落としたまま抜剣する。

「邪魔」

ミクダムが腕を振り上げると、地面から人の背丈程の小さな竜巻が立ち上がった。そして人差し指でつい、と父を指差すとその方向に動き出した。

(風の魔法?)

歩くぐらいの速さで避《よ》けるのは容易だが、ソニアがいる為その選択肢はない。

父は踏み込み剣を振り上げた。真下に真っ直ぐ、切り裂くつもりで振り抜いたが、竜巻は剣が触れた瞬間鋭い風の刃を何本も放った。

「ぐっ！」

「隊長！」

父の胴体には幾つもの切り傷が刻まれ、血飛沫《ちしぶき》が飛ぶ。一瞬よろけるも父は再び剣を構えた。

「うえ、ゴリラ」

セイディアは父を治療しにいきたい気持ちを抑えて、ソニアの前に留《とど》まった。今離れるわけにはいかない。

「次は大きいヤツー」

先程より一回り大きい竜巻が放たれた。今度は待ち構えたりせず、父はすぐに火球を作り竜巻にぶつける。

「ムダムダ」

当たった瞬間、竜巻は火球を巻き込んで燃え上がり、火をまとう刃が勢いよく放たれた。四方に飛んで行った火の刃は辺りを破壊しながら爆散した。

「くっ……！」

父が立っていた為セイディアの方には飛んでこなかったが、剣で薙《な》ぎ払いつつも幾つか被弾した父はその場で膝をついた。剣を支えに上体を支えるものの無数の切り傷と火傷《やけど》を負った体は既に立つ事もままならない。そのままぐらりと傾ぎ倒れた。

「そっちの女も魔法使うの？　やってみ？」

ミクダムは倒れた父をニヤニヤと眺めてから視線をセイディアへと移した。

日が昇り始め、周囲が徐々に明るくなっていく。

セイディアは治癒《ちゆ》魔法しか使えない。剣を正面に構え顎《あご》を引いてミクダムを睨《にら》みつける。

ミクダムはつまらなそうに再び竜巻を放った。

＊＊＊

「はぁ、はぁ……」

(動けない)

今まさに、目の前で人が倒れたのに。たった数歩先、手が届けば助けられるのに。指一本動かすことが出来ない。

ソニアはぼやける目を瞬いて、視線を横にずらす。ひとつに括られた水色の髪が揺れる。

(逃げて)

きっと、あの人の命令で助けに来てくれた人だと思う。

再びゴウと風の音が鳴る。またあの渦巻いた風の刃が向かって来るのだ。ゆっくりと近づいてくる風に、水色の髪の人が剣を構える音が聞こえる。

(ダメ！)

ぶつかる！　と目を閉じたその時。

――――バキンッ。

「……え？」

竜巻が一瞬で氷に包まれ、その動きを止めた。

ヒュオッと足元を吹き抜けた冷たい風に、ソニアは空を見上げた。

でっかく、暗紫色の物体が宙に浮いている。朝焼けを受けてキラキラと光る様はジュスティラが舞い散る景色を思い出す。その物体の底面と思《おぼ》しき部分に絵が描いてあった。

力の象徴である竜が立った姿勢で右前足に剣、左前足に王笏《おうしゃく》を握り翼を広げている。その後ろ足を飾るように描かれるのはジュスティラの花。

これまで何回か機会があったけど見逃してきた。初めて見たけど、わかる。きっとあれはテノラス王家の紋章だ。

「は、はは……」

じわりと涙が浮かぶ。ソニアは空を見て嬉《うれ》しそうに微笑んだ。

「来て、くれたんだぁ……」

そして安心したように目を閉じ、ソニアは意識を落とした。

＊＊＊

砂漠で部隊を転移させたクラウディオは滞空艇へと戻った。ハッチを閉めると、滞空艇はニーマシーへ向けて動き出した。滞空艇は質量が大きく転移陣での移動は出来なかったのだ。クラウディオは操舵室へ戻る気が起きず、ハッチ前で待機する。

滞空艇に残るは操縦士や整備士、それとランドリックだけ。戦力はクラウディオただひとりだった。

だがこの船を向かわせる意味は大きい。かつてない空からの威圧に「勝てない」と思わせる力がこの船にはあるからだ。更に「どれくらいの戦力が乗っているのだろう」と相手が勝手に推測してくれ

れば上々だ。

(間に合ってくれ……！)

護衛がいない状態での戦場への降下は本国から許可が降りなかった。万が一の場合を考えての事である。降下は王を討ち取ってから。

焦りを抑えて、祈る気持ちでひたすらに待つ。

だがしばらくして、整備士のひとりが「聖女発見の照明弾を確認しました！」と伝えに来ると、居ても立ってもいられず、クラウディオはハッチから飛び出した。

「あっ!?　殿下、いけませんっ……！」

整備士の手を振り切り、空中に躍り出て飛び上がる。吹き上げる風がマントに孕《はら》みはためく。向かってくる黒煙で視界が悪く、クラウディオは苛《いら》つきのまま魔力を振るった。少々建物が凍りついてしまったが、些末《さまつ》な事とソニアの姿を探す。

朝日が差す中、高度を落とし、日の光を反射して何かが光った。

(剣？)

目を凝らしたその横。赤茶色の何かが横たわっているのに気がついた。清らかだった白は砂埃で薄汚れ、血色にまだらに染まった服。くすんでしまった藁《わら》色の髪は地に広がり、顔色は浮き上がるように青白い。

「ソ、ニア……？」

ざっと血の気が引く。同時に怒りが腹の底から湧き上がる。抑えきれない、いや、抑える必要などない。

ゆっくりと視線を動かすとテノラスの騎士と相対する男が魔法を放った。クラウディオが怒りのままに指を動かすと、放たれた竜巻が瞬時に凍りつく。更に風の魔法を放つと、竜巻が砕け散った。

キラキラと氷片が舞う中、クラウディオはソニアの傍らに降り立った。

「ソニア」

頬に触れるとひんやりと冷たく、ゾッとする。

クラウディオはマントを外してソニアを包み込んだ。

「で、殿下っ……！」

「状況の説明を」

「は！　ソニア様を発見するも、既に負傷されておりました。保護するべく敵の殲滅《せんめつ》に出たのですが、我々の力不足で」

クラウディオはソニアを抱え上げて振り返った。

「アレは誰だ」

「ニーマシー第二王子のミクダムです。ペキュラの血を引いている為、魔力が強く」

「あぁ。いたな、そんなのが」

「いや、お前が誰よ。邪魔すんなよ。その女は俺のだ、返せ」

「は？」

ミクダムが苛々しながら曲刀を振り回し、それにあわせて風の刃が幾つも飛び出したが、クラウディオは指先ひとつ動かして氷の壁を目の前に作り出した。風の刃は氷壁を抉《えぐ》りながら消えた。

「なっ⁉」

「誰が誰の女だと？」

クラウディオがノーモーションで風の刃を打ち出すと、氷の壁を砕きミクダムの首へ一直線に向かった。ミクダムは一歩引き、身を躱《かわ》す。

「へー、俺ぐらい魔法使えるヤツは初めて」

そう言って止まらずに風の刃を次々繰り出す。クラウディオはそれに同じく風の刃を当てて相殺しながら、ミクダムに一歩ずつ近づいた。

「俺が王になるのにさぁ、それが必要なんだよ。まあ、俺ほど魔力があればいなくてもいけんじゃね？　って思わなくもないけどさぁ。一応ね、返してくんない？」

クラウディオは徐々に距離を詰め、ミクダムの目の前で止まった。

「戯言《ざれごと》は終わったか」

「っ⁉」

そして一瞬でミクダムを氷漬けにした。

クラウディオは大事にソニアを抱え直して、その額にキスをした。

「帰ろう、ソニア」

クラウディオはふわりと浮き上がり滞空艇へと戻った。

日が昇り暖かくなり始めた宮殿からやっと照明弾が上がる。王の首を取った照明弾だ。

意識を取り戻した騎士達が、動ける者は怪我人を助けたり情報収集に向かう。

宮殿の完全制圧とニーマシー王族、ニーマシー国の無力化の報告を、クラウディオが聞いたのはテノラスへ向かう滞空艇の中でだった。

＊＊＊

『いてて……』

ソニアは擦りむいた膝を確認して、濡らしたハンカチを当てた。メリッサのお使いで宮廷の中を歩いているときに、官吏の男性とぶつかったのだ。小さく軽いソニアは吹っ飛んでしまった。

男性は「悪いな」と軽く声だけかけて行ってしまった。謝罪しただけマシと言うべきか。

膝を拭いていると、部屋に戻ってきたメリッサがすぐに気がつき近寄って来た。

『どうしたの?』

『転んだ』

『あらあら、どーれ』

メリッサが治癒魔法を使う。

『……聖女に治癒魔法は効かないだろ』

『大丈夫よ。私これでも筆頭なんですもの。強い魔法ならちゃんと効くわよ』

膝がほわっと暖かくなってそれが全身に巡っていく。不思議な感じだ。ポカポカして心までほぐれていくような、ホッとする感じだ。

『ほら、治った』

『治癒魔法、効いたの初めて……』

『ならソニアは強い聖女になるわ』

＊＊＊

（治癒魔法の気配……⁉）

全身をめぐる暖かな感触にソニアはパチッと目を開けた。

「あ、起きた」

「目が開いたわ」

「ねぇ、大丈夫？」

「誰か知らせてきて」

「え、本当に起きたの？」

「ちょっと見えないー！」

「押さないで」

「っっっっっ……⁉」

目を覚ますと女性達がぐるりと囲み自分を見下ろしていてソニアは固まった。目玉をキョロキョロと忙《せわ》しなく動かして、なんとか状況を把握しようとするが全く想像もつかない。

「あらやだ、固まっちゃった」

「混乱させちゃったかしら」

「大丈夫よーもう怖くないよー」

「びっくりしたよね」

「水飲む？」

「軽食もあるわよ」

「私も食べたい」

「あ、こら！」

そして女性達は口々に喋るのでソニアが質問を挟む隙間がない。足元の方に視線を向けると、ひとりが群れの中からぴょんぴょん跳んで手を振っていた。

ソニアは見知った顔を見つけて飛び起きた。

「ソニアソニア！」

「!?　リーナ！」

飛び起きてくらりと眩暈《めまい》がした。上体が揺らぐと、近くにいた女性達が手を貸してくれる。

「ダメよ」

「今治療したところなの」

「急に動くのは危ないわ」

「ほら水飲んで」

「ちゃんと記憶ある？　大丈夫？」

目の前に差し出されたコップを受け取り一口飲む。冷えた水に、ソニアは少しずつ冷静さを取り戻した。

改めて見回すと女性達は全員白い服を着ていた。デザインは違うけど、色は白。

「みなさん……聖女、スか？」

「そうよ～」

「仲間だよー」

「ペキュラの聖女だよ、よろしく」

「私はテノラス南部担当よ」

「私は西部」

「オーガスの聖女よ。と言ってもエーリズ出身だから貴女《あなた》と同じね」

「私もエーリズ出身よ」

女性達が一斉に自己紹介を始めてしまった。誰が喋っているか分からず、声のする方を視線で追っかけていると、女性の壁の向こうから足音が聞こえてきた。

「ソニア！」

久しぶりに聴く声にはっと顔を向ける。

「あ、来たわ」

「退散退散」

「うふふごゆっくり〜」

「若いっていいわねぇ」

「ちょっと、何つまみ食いしてるの？」

「お腹《なか》すいた」

「ほらほら、出て〜」

「ソニア、またね！」

笑顔で大きく手を振るリーナを見送り、全員が出ると、入れ替わりで男性が入って来た。

「ソニア……」

「クラウディオさん……」

細身でさらさらの銀髪、綺麗《きれい》な紫の瞳、いつもは余裕そうに弧を描く口元は心配そうに引き結ばれていた。

クラウディオはベッドサイドに腰掛けて、ソニアの顔を覗き込んだ。クラウディオの手がソニアの乱れて前に落ちている髪を掬《すく》って後ろへと流した。そのくすぐったさに少し頭を傾ける。

「気分は悪くない？　脚は？　腕は動く？　痛みはない？」

「あ、そうだ！　全然痛くない！」

体を見下ろすと簡素な木綿の半袖短パンの寝間着を着せられていた。ふくらはぎを撫《な》でるが、皮膚はボコボコした違和感も無くつるりとしている。腕も結構さっくりやられてたのに跡ひとつ無い。

「どうやって、どうして？　それにさっきの聖女達は……」

「いひひひ、それに関しては私がお答えしても？」

「うわあっ!?」

誰もいないと思っていた背後からの声に、ソニアは文字通り飛び上がった。ヘッドボードも柵もないベッドなので、思ったよりも近くにいる。クラウディオは足元に寄せてあった掛布をめくって、ソニアの脚を隠した。

「だっ、だだだ誰っ!?」

「病み上がりのソニアを驚かせるな」

「いひひ、失礼。小生はペキュラ国立学院にて教授をしております、イデオン・クスフェと申します。どうぞお見知りおき下さい」

神経質そうな細身の男だった。黒いシャツ、黒いパンツの上からこれまた黒いローブを着ている。眼鏡《めがね》の中の目の下には隈《くま》が浮き、白く長い髪は無造作に垂らされていた。暗闇で見たら飛び上がる程驚くだろう。

彼が挨拶と共に差し出した骨張った手を、ソニアは困惑気味に握り返す。

「ど、どうも……よろしくっス」

「はぁ、上級聖女ソニア様。本当に素晴らしい……お会い出来て光栄です」

「！！？？」

繋いだ手を両手で強く握り込まれる。ソニアが手を引いたのと、クラウディオが横からイデオンの手を弾くのは同時だった。

「ソニアに触るな」

「イタタ、ひひ失礼しました。素晴らしい聖女様を前につい喜びが溢《あふ》れてしまって」

イデオンは居住まいを正して、ソニアに向き直る。

「小生は長年聖女様の能力の研究を行っております」

「聖女の研究、スか」

「ペキュラは攻撃魔法が得意なんて言われているけど、その実研究者は多いし、内容も進んでるんだ。魔法大国と言うのが正しいかもね」

クラウディオの補足にひとつ頷くと、イデオンは続きを話す。

「最近は『中級〜下級の聖女が同時に魔法を発動して、相乗効果が出るか』という研究をしていました。国内の実験では中級五人程度が上級と同等の効果を出せると結果が出ていたのです。六人以上いれば上級聖女を治療出来ましたので。それなのに……いひっ、ひひっ……いひひひひ！」

そこからイデオンは大爆笑を始めてしまった。ソニアの顔面は「変な人だ‼」と雄弁に語っている。

どうしたもんかとクラウディオに視線をやると、いつの間にかその手に白い丸パンが載っていた。

もちろんソニアの視線は釘付《くぎづ》けになった。

「治療は成功だと聞いているけど、お腹の調子は？」

ソニアが答える前にお腹が盛大に鳴る。

「食べたい……」

「どうぞ」

くすりと微笑んで、クラウディオはちぎったパンをソニアの口元へ運んだ。慣れたもので、ソニアは迷わずパクつく。

「ふわぁ～……パンだ、パンだぁ……！」

久しぶりのパンに風味を強く感じる。小麦の甘さが広がると口の中がじゅわっと潤い、一瞬で流されていってしまった。タイミングよく二口目が提供される。蕩《とろ》けた顔で堪能《たんのう》していると、クラウディオがイデオンの話の続きを始めた。

「クスフェ教授の論文は僕も読んだ事があってね。今回ソニアの出血量が多すぎて、応急処置した後に一番近いオーガスに聖女の力を借りたいと救護要請を出したんだ」

「そんなことが……お手数おかけしたっス」

もぐもぐ。ソニアは食べながらでも器用に喋れる。

「が、中級五人を借りても全く治らず」

「!?」

「オーガスがテノラスへ一時的に貸し出しても良いと言ってくれて七人の聖女の力を借りたんだけど、治らず。テノラスへ戻り南部に派遣されてる聖女の一人を借り受け、更に王都の聖女十人の力を合わせたが、ソニアの傷は治せなくて……。クスフェ教授に連絡したんだ」

「げぇっ!?」

驚愕したソニアの唇をパンでつんつんつつくと、ソニアは驚愕したままパンを頬張った。表情の上と下がチグハグである。

「そしたら実験の立ち会いを条件にペキュラでも聖女を貸し出してくれると言うので、急いで向かった。その道中でテノラス西部の聖女を一人借りた。結局ソニアの治療に必要だった聖女は……」

「三十一人です!! 三十一人ですよ!? しかも劇的な効果はなかったので、追加で五人加勢させました！ ……はぁぁ～素晴らしい」

興奮してソニアに伸ばしたイデオンの手をクラウディオはすんでのところでたたき落とす。

「じゃあここは、ペキュラの病院っスか？」

ソニアは改めて部屋を見回した。聖女達がいなくなった部屋は思っていたより広く、ソニアがいるベッドと軽食が載ったサイドテーブル、幾つかの椅子や壁際にソファがあるだけでがらんとしている。窓もない。

「いや、場所はペキュラだけどね。ここは滞空艇の中の医務室なんだ。滞空艇って空を飛ぶ新しい乗り物なんだけどね」

「あ？ あー！ あの紫色の？ ニーマシーの空に浮いてたヤツ？」

「うん。早く移動が出来るからね、友人にお願いして動かしてもらったんだ」

「半分夢かと思ってたっス」

クラウディオはソニアの手をぎゅっと握る。

「本当に、間に合わないかと思ったんだ。急いで聖女を集めて……。とにかく、足りて良かった」

エーリズだったら「へぇ～」くらいの感想だったが、ニーマシーで聖女が生まれるのは百年に一人と聞いたばかりだ。そんな聖女達を三十六人も集めてくれたのだ。

クラウディオは自分の為にめちゃくちゃ駆け回ってくれたんじゃないだろうか。そっとクラウディオを見上げる。

目が合うと「ん？」と首を傾げてから、イデオンに「もう下がれ」と言った。

「いひひ、お約束の件よろしくお願いしますよ。絶対ですよ！　突撃しますからね!!」

しつこいイデオンはいつの間にか現れた騎士達に引きずられて出ていった。

「約束？」

「テノラスの国立病院で働く聖女の視察をしたいんだって」

「そっか」

「ソニア、パンもうひとつ食べる？　オレンジもあるよ」

振り返ろうとするクラウディオの袖を、ソニアは掴んだ。クラウディオは姿勢をもどして、ソニアを覗き込む。

「どうしたの？」

「あの、ありがとうっス……色々」

「うん。どういたしまして」

ソニアは逡巡《しゅんじゅん》してから、口を開く。袖を握る手にじんわり汗が滲《にじ》む。

「あと、毎朝ご飯作ってくれたり、とか。あたしの好きなメニュー揃えてくれたりとか。言った事なかったけど、ありがとーございマス、でス」

「……ソニア、抱きしめていい？」

視線を上げると、クラウディオがじっとソニアを見ていた。いつもの蕩けるような微笑みじゃなく真剣で、でもちょっと不安そうな顔。

ソニアは眼球が挙動不審になりながら頷く。それを確認してクラウディオはソニアに手を伸ばした。

そっと引き寄せられて肩口に頬がつくと、その温かさにソニアは力を抜いた。

「砂漠で、もう帰れないかもって思った時、ありがとうって言ってなかったなぁって思って」

「僕の事思い出してくれたんだ？」

「えっと……うん。それで、もしかしたら、捜しに来てくれるかな？　って」

「それは僕への信頼と受け取っていい？」

ほのかに香るジュスティラの香水。帰って来たんだ、と思ったら涙腺が緩んだ。手を伸ばして、思い切ってクラウディオの脇腹辺りのシャツを握る。

「こういう時は抱きしめ返してくれてもいいんだよ」

「ぅえっ!?」

気恥ずかしく、ぱっと手を離してしまうと、クラウディオが静かに笑い声を上げた。

「僕は、ソニアに謝らなければならない事がある」

「へ？」

クラウディオはテノラスでの事の経緯をかいつまんで説明した。

「え？　婚約？」

「ごめんね、手段として使ってしまって。きちんと段階踏んで結びたかったんだけど」

「え？　結びたかったスか？」

ソニアが呆気《あっけ》に取られて言った返しに、クラウディオの笑顔の温度がみるみる下がる。

「何？　ソニアは僕が遊びや暇つぶしで同居してると思ってたの？」

「えっ!?　あ、うーん？」

正直ちょびっと思っていた。だが、そんな事をチラリと考えただけで、腕にこもる力が強くなる。

「へぇ……」

声のトーンが低い。怖い。

恐る恐る顔を上げると、大変獰猛《どうもう》な表情を浮かべるクラウディオと目が合った。鼻先がつきそうな距離でクラウディオは囁《ささや》く。

「優しくしたら好意を持ってくれると言っただろう？　持ってくれた？」

(そんな事言ったっけ？)

「ソニア、僕は君が好きだよ」

記憶を掘り返していたソニアは不意を突いた言葉に反応できなかった。

ゆっくりクラウディオの顔が近づいてきて、額でチュと音が鳴る。目元、頬と軽いキスが降りてきて、クラウディオはもう一度ソニアと目を合わせた。

「ソニア、真っ赤だ」

「～～っ⁉」

嬉しそうに微笑むクラウディオの笑顔にクラクラする。眩暈がして、力が抜ける。

「あれ？　ソニア？　あっ、ソニアー！」

ソニアはのぼせて目を回してしまった。

＊＊＊

「何やってんですか」

クラウディオが部屋を出ると、外に待機していたハンナとロハンが批難めいた視線を向けてくる。

「ちょっと触っただけのつもりだったんだけど……ごめん」

「謝罪は本人へ。それとそのヘラヘラした口元隠してから言って下さい」

「うっ！」

ハンナはソニアを気に入っているらしい。いつも笑わない癖に、ソニアの前ではニコニコしてるのがその証拠だ。そのせいか妙にクラウディオに当たりが厳しい。ロハンもそう思ったのかフォローに入ってくれる。

「ハンナ殿、クラウディオ様も喜びが抑えられなかったのでしょう。その辺で……」

「はあ？　ハニトラ返し百戦錬磨があんな無垢《むく》な娘に手を出して許されるとでも？」

ハンナの鋭角な斬り返しにロハンは黙り、クラウディオも胸を押さえた。クラウディオは他人に言えない特技として、ハニートラップをやり込め返して逆に根こそぎ情報を奪い取るという外道なものがある。これに関しての成功率は百パーセントだ。

「好きで百戦錬磨になったわけじゃ……それにソニアに対しては随分我慢してるし、誠実にだってしている」

ぶつぶつと言い訳を連ねる主人をギロリと睨みつけてハンナは手を叩いた。

「さあ、ほら！　事後処理が残っていますす！　行きますよ！　こういうのは早さが重要です！」

「仕方ないな」

クラウディオは軽く腕を伸ばして頭を切り替えた。

八章✧変化した日常

テノラス国立病院へ運び込まれたソニアはやっと退院日を迎えた。一週間以上入院していたが、怪我が残っていたとかではなく聖女による治療後の疲労感がなかなか取れなかったからだ。

いつも治療後は「よく寝てよく食えよ」と患者に声をかけているが、いざ体験してみたら想像より怠《だる》かった。今度から治療に来る時は食べ物を持参するように伝えるべきかもしれない。

そんな食っちゃ寝ソニアを心配して、クラウディオが退院の許可を出してくれなかった。とは言えクラウディオは事後処理でとても忙しく、入院中は一度しか会っていない。代わりとばかりに騎士が張り付いていた。

退院三日前には元気が有り余って、近くの病室に突撃しては他の聖女の仕事を奪ってしまっていた。

「ソニアさん！　寝ていて下さいとあれ程申しましたよね⁉」

「わっ、ヘラさん！　すまんっス～！」

「もう、私達が皇弟殿下に叱られてしまいます」

他にもエミリーやシンディ、リーナがお見舞いに来てくれては、ソニアが部屋にいないのが見つかり連れ戻されたりしていた。

退院日はクラウディオが迎えに来てくれた。ソニアの手荷物はない。病院服からいつもの聖女服に着替えて、先生や看護師達に笑顔で手を振り出て来た。

病院から街中までは馬車で移動して、そこから街歩きを楽しみながら帰る事にした。当然のようにクラウディオも一緒だ。

馬車から降りる時にエスコートされた手をそのまま握り込まれ引かれる。歩き出すと夏の風にスカートが膨らんだ。そんな感触すら久々だと嬉《うれ》しくなる。

入院中、クラウディオは一切外の情報を教えてくれなかった。心安らかに療養して欲しいから、と言われたが、気になって気になって逆にやきもきしていた。

手を繋《つな》ぐ気恥ずかしさを誤魔化《ごまか》すように、ソニアは気になってたあれこれを聞いた。

「じゃー、見つけてくれたのはブレナー先生だったんスね」

「あぁ、使用された薬も一回くらいじゃ後遺症は無いよ。リーナも病室の他の子供達も長く眠ってはいたが無事だ」

「良かった！」

いつも横を使わせてもらっていたカフェの前を通り過ぎると、ガラス越しに手を振るウェイトレスがいた。ソニアも笑顔で手を振り返す。

「それでアリシャはどうなったスか？　もーいい加減教えてほしいっス」

「何で君はあの子供の話をずっとするんだ……。あの子供なら簡単な診察と取り調べの後オーガスへ行った」

「オーガスに？」

ソニアが入院している間、テノラス、オーガス、ペキュラは調査団と称してニーマシーへ軍団を投入した。砂漠に阻まれ碌《ろく》な国交を行ってこなかったニーマシー王族は内政も酷《ひど》かった。オアシスを保っているのは王族、水があることに感謝しろと国民を操作し重税を課していたのだ。

国内に生き残っている王族は責任を取ることになるだろう。

既に他国に嫁いでいる元ニーマシー王族に関してはそれぞれの国の采配に任せる運びとなった。

良かった事があったとすれば、十二歳という幼さでオーガスの子爵家に押し付けるように嫁がされていた、第一王女の存在だろうか。王の遊びで出来た婚前子だが聡明《そうめい》で、既に国を出て三十年近く経過している。子供も成人していて、オーガスに嫁いできた他の姉妹の手助け等もしていた。

その彼女がアリシャの身元引受人として名乗りを上げてくれたのだ。そのお陰でアリシャはオーガスへ渡り貴族籍を得る事が出来た。


ソニアは繋いだ手を軽く引いてクラウディオを見上げた。

「本当？　アリシャ幸せになれそうっスか？」

「さあ、それは本人の努力次第じゃないかな」

なんとなく冷たい気がする。ソニアは口をへの字に曲げた。

「もう！　オーガス行く前に一回会ってお礼を言いたかったっス」

「お礼？」

「砂漠でアリシャがいて、心強かった。最後も、最後まで助けようとしてくれて……ありがとう、って言いたかったな」

「ふーん。その内会えるんじゃない？」

「……あのさ、聞く気ないんだったら聞かないでくれるスか？」

クラウディオは明後日《あさって》の方向を見て気のない返事をする。視線を追っても憲兵が微動だにせず敬礼しているだけだ。若干イラッとした。

「聞きたくない」

「じゃあ離……」

ソニアが解《ほど》こうとした手をクラウディオは持ち上げて、その手の甲に鼻先をすり寄せた。

「僕だってソニアに会うのは久しぶりなのに」

かまって欲しそうな、拗《す》ねた表情にソニアの苛立《いらだ》ちは一瞬で霧散した。喋《しゃべ》りかけた口が無意味にパクパクする。

『僕はソニアが好きだよ』

そしてこういう時に限って、ああいう事を思い出してしまう。無意識に視線がクラウディオの口元に動くと、クラウディオはにこりと笑って、ソニアの指に軽くキスをした。

「ふふ、僕の事を考えてくれたみたいだから許してあげる」

満足そうに微笑《ほほえ》まれたら、頭が爆発しそうだ。ソニアは空いた手で赤い顔を押さえた。

(好きだと言われた事には、何か、答えた方がいいの？)

深く考えると脳みそが不具合を起こすので、未《いま》だ結論に至らない。困った。頭がぐるぐるする。

「ソニア、ほら。君の好きなパン屋が新作出してるよ。ラビオリ揚げパンだって」

「えっ⁉ 食べたい！」

手を引かれるままついていく。

結局パンに気を取られてソニアの中の答えは持ち越しとなった。

パン屋のガラスに張り付くソニアの後ろでクラウディオはため息をついた。

「は〜あ、どうせすぐ会えるのに。……会わなくていいのに」


やっと自宅へと帰り着き、庭付きの少し大きめの一軒家を見上げてしみじみとしてしまった。もう帰れないかもしれないと思っていたので、喜びもひとしおだ。

「たっだいま〜‼」

ちょっと離れていただけなのにもう懐かしい、そう思って玄関扉を潜《くぐ》って固まった。記憶の中の我が家と壁紙の色が違う。白地に緑の蔦《つた》柄だったのだが、可愛《かわい》らしいジュスティラ柄になっていた。いやジュスティラ好きだけども。

「家、間違えた？」

「合ってるよ。前の内装は以前住んでた人のそのままだったから、替えようとは思ってたんだよね。丁度よく一週間以上家を空ける事になったから、ついでに替えといたよ。不具合ないかのチェックもしといたから安心して？」

ニーマシーの後処理もしてたんだよね？　と思えば驚きすぎて言葉も乱れる。

「手配だけだから。ほら、お風呂も新しくしといたよ」

リフォームした場所を機嫌よく案内してくれる。チラリと見上げても、顔色は悪くないみたいだが無理はしないで欲しい。

「働きすぎじゃ？」

「ん？　どうかした？」

「えと、お疲れ様っス」

「ソニアがキスしてくれたら元気になるよ」

「!!　もう十分元気そうっスけど!?」

「ふふふっ、ほら買ってきたパン食べよう？」

「……食べる」

弄《もてあそ》ばれてる感半端ない。

今までどうやって一緒に暮らしていたっけ？

短くなった距離に戸惑うばかりで、ソニアは頭を掻《か》きむしりたくなった。

＊＊＊

パンをひとつ食べてから、ソニアは早速お風呂へと入った。病院ではシャワーしかないので、楽しみにしていたようだ。今日は早めの入浴を済ませて部屋でゴロゴロするのだろう。

風呂音の響かなくなった自宅だが、クラウディオは反射的にキッチンに立った。気を紛らわせる為に始めた料理だが、もう癖になってしまっている。

それに自分が作ったものを「美味《おい》しい！」と食べてくれるソニアを見ていると、妙に浮かれた気持ちになるので嫌いじゃない。

（ソニアの好きな野菜の煮込みにしよう）

パントリーから根菜や瓜《うり》、冷蔵箱からトマトとベーコンを出して久々に包丁を握る。リフォーム後部下に掃除と食材を頼んでおいたので問題なく使えた。

「今日はハンナじゃないのか」

「妻は所用でこの後来ます。クラウディオ様お一人のタイミングで報告だけ」

背後に現れた隠密の気配に、振り返らずに声をかけた。ハンナの夫、イーデンだ。茶髪に黒目、中肉中背と隠密向けの特徴の無い容姿をしている。

「ゴミの事か。減った？」

「それが、種類が変わりました」

イーデンの報告にクラウディオの眉間の皺《しわ》が深くなる。

「どこのゴミ？」

「貴方《あなた》ですよ。貴方目当てのゴミです。婚約した話は広がったようですが、公表していない事で憶測が飛び交ってます。皇命だから実は不仲、とか別れさせて自分の娘をって貴族ですかね」

成人前後は数え切れない程の縁談が舞い込んでいたが、誰とも婚約せず、尚且《なおか》つ度々浮名が流れると「結婚する気がないんだ」と縁談話は数を減らした。

それが婚約したものだから「結婚する気はあるみたいだぞ」と横槍《よこやり》が山程投げられているようだった。

「……面倒くさ。放っといたら諦めるんじゃないのか？」

「いいんですか？　ハニトラ仕掛けられたところをソニア様に目撃なんてされたら目も当てられませんよ」

「うっ…」

それは、嫌だ。

そんなの見られたら、頰のキスで目を回すソニアは逃げてしまうんじゃないだろうか。まだ好きだと言われた事もないし。

本当はゆっくり慣れていって欲しかったけど。

「はぁ、わかった。そっちは兄上と相談するから。とりあえず僕の衣装担当に聖女の正装とドレスを三着ずつ発注しとくように伝えてくれ」

クラウディオは衣装管理をしている侍従へと伝言を頼んだ。

「ソニア様にデザインの相談はなさらなくてよろしいので？」

「……もし婚約に興味なさそうにされたら……お前責任取れるか？」

「えー、衣装管理担当への伝言了承いたしました。では失礼します」

暗に傷心クラウディオの口撃サンドバッグになれるのか？　と問われイーデンは風の速さで去って行った。もうちょっとフォローの言葉があってもいいと思う。「ソニア様はきっと喜びます」的な。

＊＊＊

ソニアはお風呂から上がり部屋着に着替えた。ソニアの服は二種類しかない。聖女服か半袖短パンの部屋着か。この二種類がそれぞれ五枚ずつある。

ニーマシーで聖女服を一枚ダメにしたが、最悪二枚あればいける。

（洗濯は明日でいっか？）

濡《ぬ》れた髪をタオルで拭きながらダイニングへ入ると、いい匂いが漂っていた。さっきパン食べたけど、もうお腹《なか》が空きそうな匂いだ。

クラウディオが振り向き、オレンジジュースをテーブルに出してくれる。

この人本当、ダラダラするとかしないんだろうか。

「ありがとっス」

「どういたしまして」

そこへ来訪を知らせるベル音がして、ハンナが来た。

「ソニアさん、心配しておりました。これ良かったら退院のお祝いに」

ハンナが持って来た籠を受け取り、布巾を捲《めく》ると中はまだ温かいパンだった。丸くパリッとした食事パンだ。

「うわ、わわぁ！　焼きたてだ！　どしたんスかこれ！」

一個手にとって鼻をくっつけてくんかくんかする。

「今焼いて来ました」

「え？　ハンナが焼いたんスか？」

「はい。お口に合うといいんですが」

「いただきまーふ！」

フライング気味にかぶりつくとパリもちっとした食感と香ばしい小麦の匂いが広がる。噛《か》みごたえあるが、噛んでると段々甘くなってくる。うまい。

「ハンナ、パン焼けるなんて凄《すご》いっス！　こういう毎日食べても飽きない味好きー！」

「ふふ、好みにあって良かったです。今日はパンを渡しに来ただけですので、明日からまたよろしくお願いしますね」

「こちらこそよろしくっス！」

ハンナはすぐに帰ってしまったが、ソニアはそのままダイニングでパンをもう一個手に取った。椅子に座ると、クラウディオがテーブルにパン用の取り皿と野菜煮の入ったボウルを出してくれた。

「召し上がれ」

「あ、ありがとっス」

にこっと笑ってくれたが、なんとなく元気がなさそうな気がする。スプーンで野菜煮を口に運びながちらりと上目遣いで見ると、ばっちり目が合ってしまった。向かいに腰を下ろし、じっと見つめてくる。

「美味しい？」

「っ⁉」

優しく目を細めて聞かれ、咄嗟《とっさ》に声が出ずに小刻みに頷《うなず》く。

「好きな味？」

「え？　うん。す、き……」

なんとか声を出したが、異常な羞恥心《しゅうち》が湧き上がる。

目を合わせていられなくて、不自然に逸《そ》らしてしまった。

（なっなななんでぇっ⁉　恥ずかしい‼）

また顔が真っ赤になっているに違いない。美味しかったはずなのに途端に味がわかんなくなってくる。

そんな焦りまくってるソニアを見て、クラウディオは満足そうに微笑んでいた。

「て、ゆーことがあったんスけど‼」

「へえぇぇ～～」

パーテーションで区切られたカフェの隅で、ソニアはテーブルに突っ伏した。

今日はリーナと初のお茶会（庶民仕様）だ。

あれから一週間以上経《た》つが、家にいるとクラウディオの優しい視線が止《や》むことがなくてもだもだしてしまう。嫌なわけじゃない。決してない。だけどもう、どうしていいかわからなくなっていたところに、休日のリーナが遊びに誘ってくれてソニアは全力で飛び付いた。

リーナチョイスのカフェは、ピンクの花柄の壁紙や、ギンガムチェックのカーテンが使われた、ザ・乙女な可愛い内装のお店だった。他のお客さんは同じように女の子同士できゃっきゃっしているグループか、初々《ういうい》しいカップルだけだ。

アイスティーの氷をストローで突っつきながらソニアの話を聞いていたリーナは、可愛い店内でちょっと下品にニヤニヤしている。

「リーナはどう思う？　どうしたらいいと思う？？」

「うんうん。すっごい色々言いたいから順番に言うね」

「え、そんなにあるっス？」

リーナは聖女の仕事中は纏《まと》めている髪を、今日は下ろしている。上品なバレッタと清楚《せいそ》なワンピースを身につけていて、清潔感のある小金持ち家のお嬢さんといった体《てい》だ。

対してソニア。リーナはズビシ！　と指をさす。

「まずその服よ！　何で休みの日にまで聖女服なわけ？」

「ん？　外着これしか無いっス。駄目？」

「駄目ってか、恥ずかしいのよ！　聖女だって身バレしてるとぶっちゃけトークし辛《づら》いじゃない？

後日『聖女様がエロトークしてた』なんて噂《うわさ》になったら聖女間で誰が話したか暴《あば》かれちゃう！」

「そ、そんな話しないっス！」

「私がするのよ！」

「おぉぅ……」

リーナがペシンとテーブル叩《たた》く勢いに、ソニアは肩身を狭くする。

「んで？　何、目が合うと恥ずかしいって？　つーかさ、今更？　一緒に住んでんだよね？　やる事やってるんでしょ？」

「やること？　そんなんあるっス？」

ソニアのすっとぼけた回答に、リーナは口の横に手を当てて小声で囁《ささや》いた。

「夜ベッドでイチャイチャしてんでしょ？　って事よ」

「しぃ――!?　て、ない！　ないない!!」

「うわ…。あの方思った以上にマジなのね。重っ。いやいや、まぁ軽薄かと思っていたからそこはイメージ上方修正ね」

リーナの呟く横で、ソニアはアイスティーをグラスから直飲みで呷《あお》った。咽《む》せた。更に顔の赤さが増して、リーナはアイスティーのお代わりを注文する。

「それで？　あのお方のお心はいただいたの？」

「？？」

「……好きって言われたの？　言われてんでしょ」

「うっウン」

「ソニアも応えたんでしょ？」

言葉を詰まらせてまごまごし出したソニアを凝視する。

「ウッソ、応《こた》えてないの？　……じゃあ来月どうするの？」

「来月？　何があるっス？」

「王城で夜会があるのよ。私の彼氏は伯爵家の次男なんだけど、招待状が来てるから一緒に行こうって誘われてるの。あの方も参加するって聞いてるんだけど、ソニアはパートナーのお誘いあった？」

ソニアがぷるぷるっと顔を横に振るとリーナの眉間の皺が深くなった。

「殿下がいらっしゃるっていうからてっきりソニアも来るんだと思って……。お一人で参加される？って事はないわよね。どなたか誘うのかしら」

「……クラウディオさんってモテそうっスよね」

「モテるなんてそんなもんじゃないわよ。もー振っても振ってもキリが無いんじゃないかしら」

リーナは赤く色付いたチェリージュレのケーキにフォークを刺して口に運んだ。横目でソニアを見て、再び口がニヤつき始める。お代わりしたグラスを両手で包み、どことなくしょぼんとしているのだ。

「もー、そんな淋《さび》しそうな顔するならちゃんと捕まえておきなさいよ。いい？　聖女は度胸、勢い、体当たり、砕け散っても泣いて忘れろ！　よ」

リーナの激励に、蚊の鳴くような声で「ウン」と答えた。

カフェを出るとリーナはソニアを服屋へと連れて行った。庶民向けの既製服屋で、女性に人気のお店だ。

何着かワンピースを買って、一着は今着替えさせる。

「うーん、このレモンイエローのがいっか。ソニア明るい服似合うわねぇ。リボンはこっちの黄緑のストライプでどぉ?」

「任せるっス……。てか着替えてどこ行くっスか?」

「それは着いてからのお楽しみ~。あ、ソニアお金足りる?」

「今はあんまり……」

「おけー！　とりあえず私が立て替えて、あの方に請求しとく」

「えっ!?　あたし後で払えるっスよ」

「いーのいーの、任しときなさい」

グッと親指を立てるリーナの笑顔はとても頼もしい。残りの買ったものと聖女服と請求書が自宅へと送られた。


そうして着いた先は。

「テノラス国立病院、スか」

「そそ。聖女服で行くと勤務中と間違われちゃうから。三階の小児病室行くわよ」

病院の中に立つ警備員に軽く挨拶しながら昇降箱で三階へと向かう。攫《さら》われた日と同じ、カラフルに飾られた小児病室の前に立った。

ショッキングな出来事を思い出してしまうんじゃないかと、ソニアは入院中ここへは来なかった。

「あたしが行って大丈夫なんスか？」

「大丈夫よ。ソニアが前に会った子達はみんな元気になって退院したの。今いる子達は新しく来た患者よ」

それを聞いて少しホッとする。

「一ヶ月よりちょっと早いっスね」

「私だって成長するのよー！　ちゃんとブレナー先生からも完治したって言われたわ。……ソニアのおかげね」

「リーナが頑張《がんば》ったからっス」

病室の扉を開けると、子供達の楽しそうな笑い声が聞こえてきた。小さい子達が、少し大きい男の子に群がって抱っこをせがんでいる。せがまれた黒髪の男の子は、ドアが開く音で振り返った。

ソニアもそちらを見て目を見開いた。

深緑色のチェックのパンツにシャツ、リボンタイを付けていて黒目で褐色の肌をしたその少年は。

「アリシャ？」

「ソニア！」

ぱっと顔を明るくしてアリシャはソニアに駆け寄った。前みたいに抱き止めようとして、逆に抱きつかれる。記憶では頭のてっぺんが鼻の下辺りだったのに、額同士がぶつかりそうになる。

「あれっ⁉　アリシャ背が伸びた⁉」

「うん！　お腹が治ってご飯いっぱい食べられるようになったら急に背が伸びたんだ！　ソニア会いたかった‼」

ぎゅうぎゅうに抱きしめられて、ソニアもその背中を摩《さす》った。

「もう体は完全に大丈夫なの？」

「勿論《もちろん》！　リーナも診《み》てくれたけど健康体だって」

リーナを見るとぱちりとウィンクされた。ずっとソニアが心配していたのを知って、連れて来てくれたのだ。

「アリシャはオーガスへ行ったって聞いたんだけど」

「そうだよ。オーガスからテノラスに留学に来た」

オーガス国籍を得たアリシャは、後見人から好きな道に進んでいいと言われてテノラスの国立学園へと留学しに来たという。普段は寮に住み学園へ通い、休みの日にはかつて自分がいた小児病室へとボランティアに来て、親と離れて不安がる子達の相談相手や遊び相手になるそうだ。

「ソニアみたいに……は無理だけど、ブレナー先生みたいになりたいんだ」

自分が患者として救われた事を返していきたい、そう笑うアリシャは随分大人びていた。

子供達に手を引かれて輪に戻ったアリシャを見ていると、ブレナーが病室へとやって来た。

「おやソニアさん、リーナさん。来てましたか」

「お久しぶりっス」

「こんにちは～」

すぐにアリシャに会いに来たのだと察してくれて、笑顔を返してくれる。

「アリシャ元気そうっスね！」

「も～、元気すぎですよ。患者としていた頃《ころ》は大人しく内向的な子だと思っていたのに、昨日は子供達と一緒にイタズラをしていて……こんなにヤンチャだなんて知りませんでした」

ブレナーはやれやれ、と肩を竦《すく》めながらも嬉しそうに語った。

「ソーニア！」

振り返るとアリシャが花を一輪持っていて、目を細めてソニアの耳の上に飾った。

「病院の庭に咲いてたヤツなんだけど。あげる。かわいい」

「ありがとっス」

「アリシャ……立派な男の子になって」

かつて看病していたからか、アリシャの成長にリーナがいたく感動していた。

夕方になり病院から出ると、車溜まりにやけに立派な馬車が停まっていた。

近づくと扉が開き、中からクラウディオが降りて来た。

「ソニア、迎えに来たよ」

「あ、じゃあ私はこれで～。ソニア、国立病院には週一くらいで来るつもりなんでしょ？　またね」

「リーナ、今日はありがとっス」

「いーのよ」

小声で「頑張ってね」と言うとリーナは、車溜まりに並ぶ辻《つじ》馬車に乗り込んだ。

ソニアもクラウディオに手を引かれて馬車に乗り込む。馬車が動き始めると、クラウディオが口を開いた。

「ワンピース可愛いね。よく似合ってるよ」

「あ、リーナが選んでくれたっス」

「今度は僕が選んでもいい？」

「う、うん」

照れて俯《うつむ》くと、クラウディオは耳元の花を取った。

「これもリーナ嬢が？」

「いや、それはアリシャが」

ソニアが答えるとクラウディオはにっこり笑って、車窓を開けて花を捨てた。

「なっ、何して……」

身を乗り出すが、馬車の揺れに足を取られてバランスを崩す。倒れ込んできたソニアをクラウディオは抱き留めた。

「怒った？　でも嫌なんだ。僕以外の男からの贈り物は身につけないように」

「……アリシャは子供っスよ」

「そうかな」

耳元で喋る声が真剣で、どきりとする。

頭が、沸騰してなにも話せなくなる前に、何か言わないと。焦るほど馬鹿《ばか》になる気がする。いや元々利口ではないけども。

クラウディオの腕に力が籠る。

アリシャに抱きしめられた時と全然違う。ドキドキして苦しくなる。クラウディオが更に近づき、花を挿《さ》していた耳の上で、ちゅと音がした。

「っ!?」

反射的にびくりと強張《こわば》る。

「髪飾りも、僕が選ぶ」

吐息交じりに囁かれる声が、熱い。

息。息を吸わないと。

肩に頬をくっつけた状態で深く息を吸うと、甘い香水の匂いがして、少しだけ落ち着く。

「ぱ」

「ぱ?」

勢いで、変な音が口から出た。

少し体を離したクラウディオがきょとんとした顔で見返してきた。これは何か言わないと余計に恥ずかしい。何か。

「ぱ、パートナー、夜会の。リーナからクラウディオさんが行くって聞いて。誰と、行くの……？」

言ってから頭が冷えた。こんな踏み込んだ事聞いても大丈夫なんだろうか。

「あー……うん。その」

言いにくそうに言葉を濁したクラウディオに、やっぱりという気持ちが湧き上がる。

「ソニア、一緒に行ってくれるかな？」

「………へっ!?　あたし？」

「僕の婚約者としての参加になるし。やっぱり嫌だよね。他の貴族にも注目されるし、ソニアそういうの好きじゃないだろう？　夜会に興味も無さそうだし。断られるとわかってるから、なかなか聞けなくて。いやソニアは是非がはっきりしてるから、聞かなくてもわかるんだけどさ」

聞いてもいない事をつらつらと話すクラウディオは珍しい。今度はソニアがきょとんとする番だった。

「えっと、行くっス」

「ほら『嫌っス』って……え？　『行く』って言った？」

「言った」

ソニアは拳を握りしめた。リーナの『度胸、勢い、体当たり』の声に励まされて、止まらずに喋る。

「言った、から、他のご令嬢を誘わないで欲しい……っス。婚約も嫌じゃないっていうか……その」

「その？」

「だから」

「だから？」

恥ずかしすぎて泣きたくなってきた。顔だってモンスター級に赤いに違いない。

「好きッス！　クラウディオさんが！　あたしは、っく!?」

言い切った瞬間、口元の自由が奪われた。

「！！！？？？」

視界がさらりとした銀髪で満たされる。

一度離れて、もう一度。ちゅっちゅ、と繰り返し、終《しま》いにぺろりと舐《な》められて、やっと解放された。

暗くなり始めた街路にぽつりぽつりと魔導燈が灯《とも》る。

影の濃くなった車内でクラウディオは妖艶《ようえん》に微笑んだ。

「ソニア、鼻血垂れてる」

「!?　ひえぇぇぇぇっ!?」

「ふはっ、ははは。よしよし、大丈夫大丈夫」

クラウディオは素早くハンカチを出して拭き取ってくれた。

世話をされながら、いっそこの前のように気絶してしまいたい、そんな事を一番星に願った。

終章✧　街角への約束

完全復活したソニアはクラウディオからの許可も下り、列車で三時間、馬車で二日かかる南西部地域のデザイゲート領へとやって来た。

魔物が多く出るというこの辺りは道も壊れたまま補修されておらず、度々馬車が大きく揺れた。

到着した瞬間ソニアは、御者がステップを置く前に馬車から飛び出した。

「いやっほう！　到着～！」

揺れ軽減の魔導具が使われている馬車でもかなり揺れてお尻に響いた。

村民が荷馬車で出てくるとなると大変だっただろう。到着までに体調を更に崩しそうだ。

ソニアの後からクラウディオも降りる。

「ソニア、騎士より前に出ては駄目だよ」

「あ、すまんっス。着いたのが嬉《うれ》しくて」

ニーマシーの一件以降クラウディオは過保護だ。心配かけて申し訳なく思っていたので、ソニアはそのちょっとくすぐったい不自由を受け入れている。

クラウディオの隣へ戻り、その袖を引いて一緒に歩いた。

「早く行くっス」

クラウディオがふわりと優しく微笑《ほほえ》み、ソニアは堪《たま》らず目を逸《そ》らした。

「えーと、領主さんへは挨拶に行くっスか？」

「行かないよ。今回はソニアの希望だろう？　ソニア優先だ。それにここは領主が代わったばかりで、のんびり僕に会っている暇なんてないはずだよ」

なんだろう。挨拶なんてしている場合か、ちょっとの余暇もなく働けって言っている気がする。多分そういう事だろう。

ソニアは心の中で顔も知らぬ新デザイゲート領主へエールを送った。

袖を引かれていたクラウディオはソニアの手を掬《すく》い上げて、先導を交代する。

「ソニア、こっちだよ」

事前にクラウディオが村長と連絡を取り合っていたので、村の役場に着くと、大勢の村人が詰めかけていた。

ひとりが振り返り「あっ」と声を上げる。

「聖女様だ！　本当に聖女様が来たよ！」

その声に釣られて次々とソニアに向かってくる人達を騎士が制して整列させる。

代表で村長が前に出てきた。

「ホーマ村の村長、ドニーと申します。この度は聖女様のご来訪、誠に感謝申し上げます」

深々と頭を下げる村長に倣《なら》い、村人達も次々に頭を下げる。

「大丈夫っス。じゃ早速始めるっスよ」

「お茶など、休憩は……」

「まだ平気。騎士さーん、順番に頼むっスー！」

役場前広場には簡単に目隠し用の布が張られて、その陰に椅子が幾つか用意されていた。村長に確認して使っていいとの事で、ソニアはひとつに座って声をかけた。

整列させていた騎士が了承の返事をして、一人目の患者とその家族がソニアの前に来た。

最初の患者は肘から下の腕が無かった。奥さんが寄り添っていて、小さい男の子が勇ましい顔で患者の脚にしがみついていた。お父さんを守るつもりのようだ。

ソニアはその心意気に口元を緩めた。

魔獣に喰《く》われたという、半袖から覗くその傷は、負ってから随分経《た》っているはずなのに、未《いま》だじゅくじゅくと生々しい。

お手伝いの騎士を呼び寄せてから、患者と家族に向き合う。

「今から治療をするが、腕を生やすのは痛いっス。あと衝撃で気絶したりもするっス。その場合はこの騎士さん達が運ぶのを手伝ってくれる。いいか？」

ソニアの言葉に夫婦は顔を見合わせて頷《うなず》いてから、お願いしますと頭を下げた。両親を見た子供がちょっと遅れて一緒に頭を下げる。仲の良い家族のようだ。

ソニアは患者の手を取って傷の確認をしてから、三つ数えて患部に治癒《ちゆ》魔法をかけた。

ソニアはずっと気になっていた。

街で集団で治療に来ていた人達のことが。あの集団に怪我人は子供しかいなくて、クラウディオから大人の怪我人も沢山《たくさん》いるのだと聞いていた。

「怪我人全員が来られる程豊かな場所ではないからね。動かせるくらいに状態が安定していて、尚且《なおか》つ子供を連れてきたのだろう」

「そうっスか……」

そんな話を聞いたからには気になってしまう。

皆が帝都まで来れるお金は無い。ならば、とソニアはクラウディオに話したのだ。「治療に行きたい」と。

ソニアの近くで村長とクラウディオが会話しているのが耳に届く。

「本当にお代は大丈夫なのですか？」

「ええ。前デザイゲート領主が税の中抜きや支援金の横領で私財をたっぷり溜《た》め込んでいたので。元は領民の為のお金ですので、聖女への報酬はそちらから支払われる事になりました」

「あ、ありがとうございます……ありがとうございます！」

クラウディオは本当に仕事が早い。移動の旅程や治療の段取り、前デザイゲート領主の押収された私財からソニアへの報酬を確保するまで、ソニアが話を持ちかけてたった三日で完了してしまったのだ。

めきめき、ごきんっ、と悍《おぞ》ましい音がして光が収まると、患者の新しい腕が生えていた。やはり男性は気絶してしまい、担架を用意した騎士達に運ばれて行った。担架につきそって泣きながらお礼を言う家族に笑顔で手を振り、ソニアは次の患者を呼んだ。

日暮れまでひたすら治療を施し、次の日も早朝から日暮れまでの時間の殆《ほとん》どを費やした。今回の魔獣の被害者だけでなく、病気やちょっとした体調不良の人も含めて、二日で百人を超える人達の治療を終わらせた。

「ふぅ〜！　終わったー！　お腹《なか》空いたっスー」

流石《さすが》のソニアもかなり疲れたが、とても心地良い疲労感だった。

クラウディオと並んで滞在中借りている空き家へと向かう。

ソニアは治療した人々が笑顔で家に帰って行く様子を満足気に眺めた。

合間合間の小休憩には、以前帝都に来て治した子供達が挨拶に来てくれたり、差し入れの軽食を運んで来てくれたりと、嬉しいサプライズもあって、ソニアの笑顔も絶えなかった。

ここまで来て、治療して良かった。

「クラウディオさん。あたし、この仕事すき」

「うん」

「リーナにね、言われた事があるっス。ソニアはどれだけ努力したんだーって。正直エーリズにいた頃《ころ》は毎日必死だったし、思い出したくない事も、ある」

クラウディオはソニアの手を優しく握る。

「うん」

「でもね最近は、無駄じゃなかったんだ、って思えるようになってきた。治療して、みんなが喜んでくれるから、あたし嬉しいっス」

ソニアもクラウディオの手を握り返す。ちょっとだけ、勇気を出してみる。

「まだ苦手な事もあって。あたしやっぱりお城とか王宮って苦手だなって。クラウディオさんと婚約とかすると、やっぱり一緒に住まなきゃ駄目なのかなって」

お城に。

そう付け足す前にクラウディオは答えた。

「いや別にいいよ？　なんなら今もう一緒に住んでいるじゃないか」

「え。うん。そ、だね」

いいのかな？　とソニアが首を傾《かし》げる。

「あ、後そうそう。クラウディオさんて凄《すご》い人っしょ？　なんでも出来るし、仕事早いし」

だから婚約者があたしっていうのは大丈夫なの？　と続けようと思ったのだが。

「ありがとう。ソニアに褒められると凄く嬉しい」

「え。あ、うん」

照れられた。

なんかアレだ。話が横滑りしていく。

「で、結局何の話？」

「何の話だっけ」

あ、そうだ。クラウディオさんがあんまりにも凄い人だから、きちんと婚約するとなると釣りあわないんじゃないかなぁ、なんて思ってしまったんだった。

と、言おうとしたが。

「ソニアって小難しく考えるの向いてないよ」

クラウディオから鋭いツッコミが入り、またまた言葉が出なくなった。

「うっ……その通りっス」

「でもソニアは大事なことをちゃんと知ってる」

クラウディオが繋いだ手を持ち上げてその指先にキスをする。ソニアがビクッと固まる。

「人の闇を嫌という程知っているのに、元気になる人を見るのが嬉しいと言える。その心根が、僕にはとても眩《まぶ》しいよ。だから君は思うままに行動していいし、それをサポート出来るのが僕は嬉しい」

クラウディオは蕩《とろ》けるような優しい笑みを浮かべて、ソニアの耳元で囁《ささや》いた。

「だから離れちゃ駄目だよ？」

「わかったから離れて！」

腕を突っ張って距離を取ったソニアに、だから駄目だってば、と冗談めかして笑いかける。

ソニアは恥ずかしそうなしかめ面《つら》で、クラウディオに言った。

「じゃあ帝都に戻ったら、また一緒に街角へ行ってくれるっスか？」

「当たり前でしょ」

再び手を繋ぎ、二人は歩き出したのだった。

書き下ろし番外編1 ✧ 友情に乾杯

ニーマシーの事後処理で、クラウディオの手が必要な部分がほぼ終わり、後は部下や軍部に任せられる目処《めど》が立った。

「ふー……」

滞空艇の食堂に入り、深く息をつく。同じ部屋ではランドリックが酒を飲んでいた。

「僕にもくれないか？」

ランドリックがグラスになみなみ注ぎクラウディオに差し出す。それを一気飲みする。

「……ランドリック、済まなかった。滞空艇を戦に利用した」

「あぁ。まあ……俺もさ、わかってんだよ。俺の作るものは紙一重だって」

滞空艇、魔導列車。他に公表はしていないが、ランドリックは魔導式自走車という、馬車に代わる乗り物も試作していた。

どれも生活を豊かにする素晴らしいものだが、戦時利用されると多くの人の命を奪う事になる。ランドリックはそれをとても嫌がっていたし、クラウディオもそんなランドリックを理解していた。

だが今回、それを破った。

「僕に出来る償いなら何でもしよう」

真摯《しんし》に向き合うクラウディオに、ランドリックは苦笑した。

「ざけんな。いくら俺でもな、十年以上の親友の婚約者の命が懸かってるっつーのに、手を貸さない程冷血じゃないさ」


ランドリックはオーガス出身だ。オーガスの魔導具研究は近隣諸国より進んでいたが、それでもランドリックはオーガスで浮いていた。発想が突飛で周りから理解されず、環境の変化を求めてテノラスへ留学しに来た。十五歳の時だった。

テノラス国立学園でも浮いていたのだが、そんなランドリックに面白《おもしろ》がって声をかけたのがクラウディオだった。クラウディオは当時十二歳、飛び級で入学し、ランドリックとは同学年だった。

二人は気が合い、クラウディオはランドリックから魔導具の話を沢山《たくさん》聴いた。

時に便利なものを、面白いだけで意味なんかないものを、物騒なものを、利点欠点を話し合い魔導具への理解を深めていったのだ。

クラウディオは大きく影響を受けて、十五歳で学校卒業と同時に魔導燈全国普及の計画を立て始めた。それまで貴族を中心に広まっていた魔導具を、一般普及させたのだ。ランドリックとかなり苦労しながらも、協力して三年掛けて成し遂げた。

魔導具の小型化や原価の引き下げなどの改良のかたわら、ランドリックは好きな魔導具作りもやめなかった。

そうして、二十三の時に魔導列車の製作に成功した。ランドリックの名は母国オーガスや、魔法の研究が最先端のペキュラにも認められ、その名を広く知らしめた。

今はもう魔法や魔導具に関わる者でランドリックの名を知らぬ者はいないだろう。


今、クラウディオは二十四歳。もう知り合って十二年が経《た》っていた。

「十二年か。でもそんなもんなのか。お前とはまだまだ長い付き合いになりそうだな」

「全然〝そんなもん〟じゃねーよ。長いわ。お前は仕事しすぎなんだよ。クラウディオといると一日の濃度が濃いわ、濃すぎるわ」

「そうか？　まあ、僕は君といるとなかなか楽しい時間を過ごさせてもらっているよ」

ランドリックはふたつのグラスにお代わりをたっぷり注ぐ。

「戦いに利用されるのは嫌だけどさ、まぁ友人の助けになるなら本望さ」

ランドリックが掲げたグラスに、クラウディオは自分のグラスをカチリと合わせた。

「君が困った時は必ず助けると約束しよう」

二人は同時にグラスを呷《あお》った。

書き下ろし番外編2 ✧ 優秀な主人とため息の止まらない隠密

「イーデン」

既に夜中になり、皆が寝静まり町が静寂に包まれた頃《ころ》。

イーデンが気配を殺して主人の部屋の屋根裏に潜り込むと、間を置かずに名前を呼ばれた。

埃《ほこり》一つ舞い上げることなく、こんなにも気配を消しているというのに。

我が主人の優秀さに呆《あき》れ、ため息をついて部屋へ降り立つ。

「お呼びですか？」

イーデンの主は銀髪紫眼を持つビスクドールのように美しい顔の持ち主だ。スラリと細い体躯《たいく》に長い手足と合わせて、どこにいても目を惹《ひ》く存在感を放つ。

たとえそれが。

「ちょっと部屋の片付けしてもらえないかな？」

今にもそこら中から雪崩《なだれ》が起きそうな汚部屋に突っ立っていたとしても。

イーデンはじとりと主人を睨《にら》み、態《わざ》とらしいため息を長々とついた。

「この家のリフォームが始まる時に一度部屋を綺麗に致しましたよね？　何故《なぜ》ですか？　何故たった

の一週間でこの有り様なのですかっ⁉」

この主人は見目が良いだけではない。

大帝国の皇弟で、頭がキレ、それに伴う行動力もある。魔力は桁外れで、先程すぐに気配を察知したように勘も鋭いし、スパイの撃退にも長《た》けて、隠密からも一目置かれている。

なのにどうしてか、片付けに関してはポンコツなのだ。

「いや、僕的にはどこに何があるか完璧に把握しているし、別に困らないよ。だけどハンナが片付けないとソニアに嫌がられると言うんだ」

いや、子供か。子供の言い訳か。

確かにイーデンは職業上色々な場所に潜入して、たまにこういう「散らかってるんじゃない、置いてるんだ」な人種に遭遇するのだが。

それってどうなのかね？　といつも思う。

どの道自分が断ったら妻の仕事になってしまう。

三度目のため息をつき、闇に紛れる為のローブを脱いでソファに掛け……られなくてデスク横の、使われてないポールハンガーに掛けた。

ポールハンガーがあるんだからソファに服を積むのをやめなさいよ。

シャツの袖を捲《まく》り上げる。

「はいはい、やりますよ」

ひとまずローテーブル、サイドテーブル、デスクと余す所なく積まれた書類を纏《まと》めていく。

しかし城にいた時はここまでの惨状になった事はなかったはずだが。

「その辺の報告書はもう読んだだし、そっちの資料は覚えたから処分して。それは騎士団へ。あれは魔導具研究所で、と、国立病院から依頼の魔導具の資料も一緒に……」

クラウディオが積まれた書類の中段から魔導具の資料を引き抜くと、上に積んである書類がバサァッと床に散らばった。一瞬動きを止めて、広がった書類にさっと視線を巡らせて「全部処分して」と付け足された。

イーデンはくらりと眩暈《めまい》がした。

(そうか。城の執務室だと、それぞれ担当の者が取りにくるし、侍従が書類を適切に処理するし、ここまで溜《た》まらないんだ)

クラウディオは侍従を何人も抱えている。それらが一日かけて切り盛りしている事を、ここでは「ソニアと二人きりの時間が減る」とかいうお花畑な理由で立ち入り制限をかけてて、最低限の部下しか入れないから。そして部屋が狭いから。

(つくそ！　城に帰れ!!　……って言えたら)

せめて通勤してくれないかな、と思っていると控えめにノックする音がした。

「クラウディオ様？　書類をお届けに上がりました～」

クラウディオの秘書、ニコラの声だ。

気がついたイーデンは、音もなくドア横に移動し、ニコラが入った瞬間ドアを閉めて、ニコラの背後に立った。その肩をガシリと掴《つか》んで部屋の真ん中まで押し歩いた。

「うわっ！　びっくりしました、イーデン。何ですか？」

「クラウディオ様、ニコラに手伝ってもらってもいいですか？」

「ああ、構わない」

「というわけで、ニコラ。部屋の片付けの手伝いをお願いします」

「えっ⁉　嫌です」

いつものんびり穏やかなニコラが、慌てた表情で首を左右に振るが、もう遅い。退路は断たれている。

「頼みますよニコラ。ソニア様のクラウディオ様への好感度がかかってますから」

と言うと、クラウディオも「そうだな、ニコラが手伝ってやってくれ」と頷《うなず》いて、ニコラは渋々袖を捲り上げた。

「わかりましたよ～。帰って寝ようと思ったのに～。もう夜中ですよー？」

「そうは言ってもそろそろソニア様も退院してきますからね。早く綺麗《きれい》にしておかないと」

処分と言われた書類を次々麻袋に放り込む。

そうして空いたデスクの上に、ニコラは新たな書類を並べる。

「大丈夫ですって。ソニア様はクラウディオ様の私室になんてこれっぽっちも興味ないじゃないですか」

しゃがんで先程クラウディオが落とした書類を拾うイーデンの視界の端で、デスクに座る主人の頭が少し揺れた気がした。気のせいか。

「まあ確かに、ここに住み始めてからソニア様がクラウディオ様の部屋へ訪れた事は一度もないな」

貴族の屋敷に招かれようものなら夜這《よば》いされるまでがセットのクラウディオにとって、同じ屋根の下にいながら自室に興味を持たれないのは珍しいことだと言える。

「そうそう。それにー、エーリズから帰ってきた時の馬車。僕残った荷物を回収に行きましたけど、中すっごい汚かったですよ。服とかぐっちゃぐちゃにトランクに丸め込まれてて、本当信じらんない、有り得ない。アレに乗せたんですよね？　ソニア様を」

イーデンの耳に、主人の咳払《せきばら》いが届く。

ニコラ、そのへんでやめてやれ。あの時の主人は一応前皇帝陛下の危篤の報《しら》せで動揺もあったから。あったはずだから。

（それにソニア様はその汚い馬車内も別に気にされてなかったし。……え、これっぽっちも興味ないから？　とかじゃないよね？）

優秀なニコラはクラウディオの書類の内容を把握しているらしく、中をチラッと見ては遠慮なく麻袋に詰め込んでいく。

「アレ大丈夫だったならコレも大丈夫ですよ。なんだったら、この惨状見せてソニア様に掃除をしてもらったらどうですか？　確か掃除と洗濯はお出来になるとおっしゃってましたよね？」

ニコラはソファに積まれた衣類の山を見る。

イーデンはテキパキ動き、ローテーブルとサイドテーブルを空けて、書類がデスクに収まる量になったので、ソファの前に来る。

散らかった書類を袋に詰め終わったニコラも嫌そうにソファ前に移動して、衣類を一枚広げた。するとペラ、と下着が落ちてきた。

「「………クラウディオ様？」」

「あ、それは洗浄魔法で綺麗にしてるから大丈夫だ」

「それ大丈夫って言わないですけど」

「チッ、いっそ城に持ち帰って下さいよ。パンツ散らかった部屋にソニア様ぶち込みますよ」

イーデンは静かに目を見張った。

そうか、温厚なニコラが切れるとこんな感じか。

しかし我が主人には全然効いていなかった。

「それで普通に回収されて、普通に洗濯されて返ってきたらどうしたらいいんだ？　意識されてないって事じゃないか」

出た。「僕がショックを受けたら、君が責任取ってくれるのか」発言。告白の返事が宙ぶらりんなせいか、ここのところ増えた言い回しだ。

「そうですね。ありがとうとでも言っといたらどうですか？」

だがニコラはスルーだ。

そしてなんだかんだ言いつつ下着をきちんと畳み始める。ニコラは従者の鑑《かがみ》である。

皺《しわ》のついた服はイーデンが回収して、後ほどアイロンをかけようと思う。

隠密の職業柄、あらゆる職種の訓練を受けているので、アイロンなんてお手のものだ。

しかしこの有り様を衣装担当の侍従が見たら泣くだろうな。

「さて、片付け終わりましたので帰りま～す！」

服を一通り片付けたニコラは温厚ニコラに戻り、風の速さで帰って行った。その手にはきちんと書類バッグが握られており、自分の仕事もしっかりこなしていった模様。流石《さすが》従者の鑑。

「本当ニコラは眠くなると性格変わるな」

「え、あれってそーいうアレなんですか？」

「なんだ。イーデンは隠密なのにそんな事も知らないのか。情報は武器、の仕事だろ？」

くっ、片付けポンコツ振りを見せつけられてから言われると、ちょっと腹が立つ。

だが事実なので、ひとつため息をついて力を抜いた。

「クラウディオ様はいつまでこちらに？」

「ああ、リフォームが無事終わったのを見届けたからね。ソニアが帰ってくるまでは城で過ごすよ。ニーマシーの書類が既に執務室に積まれているだろうな」

ニコラが玄関を出る気配と入れ違いで、一人誰かが入ってくる。知っている気配は二階に上がり、この部屋の扉をノックした。

「ロハンです。お迎えにあがりました」

クラウディオの近衛《このえ》騎士のロハンだ。クラウディオは腕を上げて伸びをして、立ち上がった。

「じゃ、後よろしくね」

「かしこまりました」

と返事してハッとした。後って、アイロンと麻袋に詰めた書類の処分といつの間にか処理の終わった書類の運搬だろうか。ちゃっかりと部屋に残る全ての業務が押し付けられている。

「はぁ」

本当に、我が主人は優秀すぎて呆れる。

今日もイーデンはため息が止まらない。

書き下ろし番外編3 ✧ 休日のお出掛け

それはテノラス帝都の城下町に越して一週間経《た》った頃《ころ》。朝食を終えて二人でお茶を飲んでいる時にクラウディオは言った。

「ソニア、今日お休みにしない？」

「おやすみ……？」

その提案にソニアは首を捻《ひね》った。

お休み。つまり仕事をしないということ。

宮廷聖女になってから一度も聞いたことが無い単語である。

「えー、お休みね。わかったっス」

しかしお休みだからなんだというのだ。どうすればいいのだ。

飲み終えたカップをキッチンに戻して椅子に座り直し、再び立ち上がった。部屋でダラダラするか。

だがクラウディオは続けた。

「僕と出掛けようよ。ソニアは殆《ほとん》どいつもの治療場所と家の往復しかしてないだろう？　町のパン屋巡りとかどうかな？」

なんとも素敵な提案にソニアは真顔で即答した。

「行く」

ソニアは部屋に戻り、寝巻きの半袖短パンを脱ぐ。クローゼットからいつもの制服を取り出そうとして、手を止めた。

「そういえば、貰《もら》ったヤツがあったなぁ」

一番端に吊《つ》り下げられたワンピースを手に取った。

城から出る時に下着や新しい制服と一緒に貰ったワンピースだ。唯一持っている私服と言える。

「これ着るか」

着てみると柔らかく肌触りの良い生地で、しかも涼しい。襟掛で首がぴったり閉じてしまっている聖女服と違って、貰った服はスクエアネックだ。襟の縁にレース飾りがあり、袖は七分丈のパフスリーブ。ハイウエストの切り替えだけど、スカート丈は聖女服と変わらないし、色も白で抵抗なく袖を通せた。

「普段とあんまり変わんない感じがイイ。よし、これでいこう」

ポケットにお金を入れておこうと思ったのに、ポケットが無かったので野暮ったい茶色の革袋に硬貨を入れて部屋を出た。

「パーン、パーン、パンパパーン♪」

ご機嫌で部屋から出ると、丁度クラウディオも部屋から出てきた。

「それ何の歌？」

「パン楽しみの歌っス！」

「それは案内も張り切っちゃうな」

自然に手を掬《すく》い取られて、流れるように家を出た。クラウディオが鍵をポケットに仕舞うと、視線をソニアに向けて微笑《ほほえ》んだ。

「ワンピース似合ってるよ。可愛《かわい》いね」

「そ、れは、どうもっス」

嫌われてない事は嬉《うれ》しいが、ソニアが一生で向けられる分の笑顔を一瞬で浴びせられた気分で、パン脳が冷静さを取り戻す。

（いや、これがパンの喜びを満たす対価だというのなら……！）

耐えてみせよう。しかし手は離してもらえんかね。

そんな事を考えている間に早くも一軒目に到着した。裏路地にある看板も無い小さなお店だ。一見民家の出窓が開いてるだけのように見えるが、前に立つと窓の下にガラスの入った棚があり、パンが並んでいた。しかも見覚えのあるパンだ。掌《てのひら》くらいの長四角で、縦に一本切れ目を入れて焼いたクーペだ。外はパリッとしてて中はふんわり、この一週間で二回も食卓に上がり（クラウディオ調理）すっかり気に入ったのだ。それが一段目の棚に置かれた籠に山盛りに積んである。

こんなにご近所さんで売っていたなんて、びっくりだ。

「いらっしゃい」

窓の向こうには優しげなおばちゃんが立っていた。中に入らず、路地から直接買って帰れるお店のようだ。

「こんにちは」

クラウディオが挨拶するとおばちゃんは嬉しそうに笑う。

「あらぁ、この間の男前のお兄さんじゃないの！　また来てくれて嬉しいわ。ふふ、今日は彼女ちゃんと一緒なのね」

「ええ。彼女、すっかりここのパンがお気に入りのようでして」

「いや、彼女じゃないッスよ」

「今日もクーぺかしら？」

「いえ。食べ歩きしたいので、お勧めを聞いても？」

ソニアの言葉は誰も聞いていない。まぁいいや、と棚の下段を見る。そこは既に調理済みのサンドイッチとなったクーぺが並んでいた。二段目はベーコンや卵、野菜が挟まった食事系。三段目はフルーツが挟まったデザート系だ。

「甘い物が苦手じゃなければ、フルーツサンドが女性には人気よ。チーズクリームとジャムが一緒に挟まっていてお勧めなの」

種類はオレンジ、ブルーベリー、赤葡萄《ぶどう》。どれもチーズクリームとジャムの上に生の果実がゴロゴロ入っていて美味《おい》しそうだ。

「おばちゃん、オレンジが欲しいっス」

「じゃあ僕は赤葡萄」

「はい、少し待っててね」

食べやすいように紙に包んで手渡してくれる。お金を払い、二人はゆっくり歩きながら包みを開いた。

「いただきまーす！」

大きく口を開けて頬張る。パンの味と濃いチーズクリームの酸味が先に来て、次いでジャムの甘味、最後にジューシーなオレンジの果汁が口内を満たしてさっぱりした後味だ。もう一口、もう一口と進む。

「うまーい」

半分食べてクラウディオを見ると、まだ口を付けていなかった。

クラウディオは美味しそうに食べるソニアを笑顔で見つめていて、視線に気がつくと自分のサンドイッチを差し出してきた。

「味見する？」

「そーゆーのって自分が食べてうまかったら勧めるんじゃ？」

見るからにうまそうだし、マズいとは思ってないが、それでも他人のものを口を付けてない真《ま》っ新《さら》な状態で勧められるのは抵抗ある。

クラウディオは「それもそうか」と言って一口齧《かじ》った。

「ああ、うん。美味しい。はいどうぞ」

サンドイッチ即リターン。気にするのもバカバカしくなる速さ。ソニアは遠慮なくかぶりついた。

「ん、ウマいっス」

食べながら自分の食べかけサンドイッチを見下ろす。

(一応、形だけでも聞くべきか?)

「こっちも食べてみまス?」

「いただこうかな」

どうぞと言う間もなく躊躇《ちゅうちょ》なくパクリと食べられ、ソニアは無言で目を見開く。

「こっちも美味しいね」

「そっ、スね」

孤児の食べかけなんて絶対断ると思ったのに、と驚きに胸を押さえた。

(本当、変な人だ)


食べ終えるとすぐに二軒目に到着した。こちらは先程と違い店内に入るタイプだが、店舗自体はやはり小さい。可愛らしい小麦の穂の絵の看板が、ドア上に吊り下げられている。

店内に入るとドアベルがカランとなった。

「いらっしゃいませー!」

こちらの売り子は十代前半の女の子だ。お下げと溌剌《はつらつ》とした笑顔が可愛らしい娘さんだが、クラウディオを見て、二度見した。ソニアをチラッと見てから真顔で再びクラウディオを見る。

「ここは僕も初めて来たんだ」

「ほぉ」

クラウディオがトレイとトングを手に取り、ソニアはその後ろについて商品を見る。

パンだけじゃなくてちょっとした焼き菓子や惣菜《そうざい》も並んでいた。

（さっきは甘いの食べたからしょっぱいのが欲しいなぁ）

ソニアは一番沢山《たくさん》並べられている丸パンがこの店の売れ筋と当たりをつけて、丸パンと惣菜の野菜たっぷりキッシュを選んだ。

「決まった？」

「これとこれがいいっス」

「了解」

クラウディオは半斤《きん》売りしている食パンと肉肉しいソーセージが挟まったパンを選んで、ひょいひょいとトングでトレイに載せていく。

「ソニア、どちらか食べ歩く？」

「んー、じゃあキッシュにする」

クラウディオは真顔の少女にソーセージパンとキッシュを紙に包むようお願いして、残りは袋に入れてもらう。

お会計をしてクラウディオが背を向けた瞬間、カウンターから飛び出して来た少女がソニアに顔を寄せた。

「ねね、お姉さん普通なのにどうやってあんなイケメン捕まえたのっ?」

口の横に手を当てて内緒話のように話しているけど、テンション上がっているのか大分声がデカい。

そして言われている意味が理解出来ない。

「え――……っと?」

捕まえた? 何を?

「お願い教えてっ」

頼みこまれて困ったソニアを、後ろから伸びて来た腕が捕える。

「彼女の魅力は僕だけが知っていればいいから、内緒だよ。行こう、ソニア」

「へぃ?」

そのまま引きずられて店の外に出る。少女の「いいなぁ」という呟《つぶや》きはドアベルにかき消された。

ソニアは会話を反芻《はんすう》して、ハッとした。

「いや、彼氏じゃないっスよ!?」

「遅いよソニア。はい、キッシュ」

「あ、やったー! ありがとっス」

受け取りながらクラウディオを見上げる。

城では髪をきっちりセットしていたけど、町に住むようになってからは、いつも下ろしっぱなしだ。

長めの前髪が目元に掛かっているが、その整った顔は隠しきれない。

「そういや、クラウディオさんて特に変装とかしてないけど、城下町ウロウロしてて平気なんスか?」

なんかこう、お偉いさんがお忍びで下町に行った、なんて話は時々耳にする。服装はまあ、お金持ち、くらいの綺麗目《きれいめ》だが、ウイッグとか眼鏡《めがね》とかそういう変装をしなくて平気なのだろうか。

「ん? うん、大丈夫だよ。僕は基本的に裏方の仕事を担当する事が多いから、顔が広く知られないように情報制限してるんだ。仕事がし難《にく》くなるからね。それに現在、皇家と言えば兄上の一家だからね。そちらの絵姿の方が需要がある。僕の絵が出回ってたのは、そうだな。学生くらいまでかな」

聞いといてなんだが、我慢出来なかったソニアは先にキッシュを頬張りながら「ふんふん」と頷《うなず》いた。

「ほーらんスねぇ」

本当に野菜がたっぷりでうまい。既に食べ終えそうだ。クラウディオは可笑《おか》しそうに笑って、顔を近づけた。

「今度は僕にくれないの?」

「んぐっ、ごはっ!」

「大丈夫? ジュース買いに行こうか」

思いっきり喉に詰まる。しれっと息の根止めに来たのかと思った。怖。

ソニアは残っている大きめの一口分を、クラウディオの口に押し付ける。

「ん。ほらっ」

クラウディオの虚を突かれた顔が珍しく、ちょっとばかし気が晴れる。面白《おもしろ》い。

「うまいっしょ？」

クラウディオは大人しく口を開けて食べ、唇に付いた欠片《かけら》をぺろりと舐《な》めて微笑んだ。

「うん。はい、ソニアもどうぞ？」

そして、自分のソーセージパンをソニアにも差し出す。断ろうと思ったが、圧が、笑顔の圧がすごい。何としてでも食べさせたいという意志を感じる。面白がったことがバレたのだろうか。

ソニアは渋々ソーセージを齧った。ソーセージが大きすぎてパンまで届かない。

「もご、もぐもぐ、うまいッス」

「パンのところも食べる？」

そう言って指で一口大に千切ったパンをソニアの唇の前に添える。

「……何でそんなにあたしに食べさせようとするんスか？」

「え、可愛いから」

やっぱりしれっと息の根止めに来た使者に違いない。


三軒目にカフェもしているスイーツパンが多いお店で休憩した。昼時の、女性客が多い店内で、綺麗な姿勢でコーヒーを飲むクラウディオは大変に目立った。木と蔓《つる》で出来たカントリーな椅子がロイヤルな雰囲気を醸し出す。

煮詰めたクランベリーがたっぷり載ったデニッシュを頬張ってると、クラウディオがニコニコ笑いながらこっちを見てくる。そして、そんなクラウディオを周りの女性が見ている。大変食べ難い。

「モテる人は大変スねぇ」

流れ弾の如く、クラウディオを見た女性がチラッとソニアを見て「え？」みたいな顔をするのもまた居心地が悪い。

「僕の顔は多くの人に好ましく映るみたいだね」

澄まし顔でサラリと言うが、嫌味はゼロだ。事実すぎて何も言えない。

「多くの人ってか、みんなじゃないスか？　その顔を綺麗じゃないと感じる人なんていないと思うっスけど」

「……ソニアもそう思う？」

「うん」

陶器の人形みたいに肌はツルツル白いし、まつ毛長いし、瞳《ひとみ》は宝石みたいだし。さらに手脚は長いし、当たり前の事聞くなぁ、と思う。

だがクラウディオは目を開いてちょっと固まった。

「どしたっスか？」

「いや、その、僕に興味がある人はジロジロ見てくるから。ソニアはそっけないから……僕に興味が無いと思ってた」

クラウディオがはにかむと、周囲から悲鳴を呑《の》み込んだり、咽《む》せたり、椅子がガタガタいったりと俄《にわ》かに騒がしくなる。

ソニアは悟り顔で残りのパンを口に詰め込んだ。

落ち着かない店内から急いで出て、次のお店に向けて歩き始める。

途中、精肉店の前を通りかかり、ソニアは足を止めた。

「あ、ジャーキー」

加工した端などから出た不揃《ふぞろ》いな牛肉がジャーキーにされて店頭に並んでいた。

さっきから自分の好きなパンばかりだし、カフェでクラウディオはコーヒーしか飲んでいなかった。

よかれと思いクラウディオを振り返ると、若干気まずそうに目を逸《そ》らした。

（いやー、うん。薄々思ってたけどね？）

「ジャーキーが好きというのはウソ、っスか？」

「ウソというわけではないが……うん、ごめん」

食べた事はあったんだろうけど、食べ慣れていないのをひしひしと感じていた。

とりあえず自分用に一袋お会計する。

「じゃあ本当は食べ物何が好きっス？」

「んー、特別好きなものも、嫌いなものもないかな」

甘いものを食べたから、今度は塩味が欲しかったのだ。紙袋を開けて一枚取り出す。

「何でウソなんて言ったっスか？」

「好き嫌いの話は共通点が出やすく話題が広がるだろう？　単純なコミュニケーションの取り方だよ」

まさか「距離を詰めて探りを入れたくて」とは言えず、クラウディオは当たり障《さわ》りなく答えた。

ソニアはジャーキーを噛《か》みちぎって「うまっ」と感想を漏らしてクラウディオを見た。

「好きなものが出来たら次はちゃんと教えて欲しいっス」

そしたらもっと仲良くなれるから、そう思って。

クラウディオは少し考えて言った。

「ソニアかな」

「そうじゃない！」

そんな事ばかり言うから信じられないのだ。

ソニアはクラウディオにジャーキーを突っ込んで黙らせた。


その後二軒パン屋を巡り、お土産《みやげ》を抱えて帰宅して、大満足の休日を過ごしたのだった。


蛇足となるが、ソニアはその日着た、高価なシルクのワンピースを他の服と同じように洗濯し、しわしわのヨレヨレになった上、アイロンで変色させた。

後日。

「ソニアこれ」

「？　なんスか？」

ソニアが野暮ったい巾着しか持ってないのに気がついていて、クラウディオから可愛い小ぶりの斜めがけポーチをプレゼントされた。

「あのワンピースに似合うと思って。使って欲しいな」

「あ、ありがとっス……」

ワンピースは既に、クローゼットの奥深くで永遠の眠りについてしまった事は、クラウディオには秘密である。

あとがき

「街角聖女はじめました」をお読みいただきありがとうございます。たろんぱすと申します。

こちらのお話、元は投稿サイトにて好き勝手に書いたものなのですが、このように本という形になるなんてびっくりです。初めて書籍化のお話をいただいた後、少々忙しく本腰入れられるまでに四ヶ月くらいかかりましたので、その間「夢だったかな？」と何度も思いました。

その後改稿に至るも、加筆やカットに悩み、読み直し過ぎて誤字を見落としまくったり。

更に、実は私パソコンを所持しておらず、書くのも投稿もスマホだけで完結していたので、編集様がスマホで改稿出来るように尽力して下さいました……！　感謝です！

そんな街角聖女ことソニアは、前向きで明るいヒロインが書きたいなぁと思って作ったキャラクターです。ついでに方言とか喋ったら可愛いんじゃない？　と思ったのですが、結局どうしてかこの口調になりました。

今となってはソニアの性格に合っているので良かったなと胸を撫で下ろしておりますが、ときめきシーンでは口調でかなり雰囲気ぶち壊されるので気を遣いました。

ちょっぴりお馬鹿で単純なソニアですが、かといって悩みや後悔がないわけではなく、でも腐らずひたむきに生きていこうとする。そんな彼女を見て少しでも笑顔になってもらえれば嬉しく思います。

そしてクラウディオですが、投稿時、彼は性格の悪さが露呈した後の方が人気があって（笑）「えっ！　いいの？」って驚いた記憶があります。そのお陰か終わりに近づくにつれ、腹黒に遠慮がなくなっていった気がします。でもソニアとバランスを取るにはこれくらいで丁度良かったのかもしれません。

加筆で一番大変だったキャラクターはロハンです。彼は職業が騎士なので、荒事時には大活躍ですが、平常時でまったく出番がなくて……。「街角シーンでも少し存在感が欲しい」と言われた時はかなり悩みました。結果、髪チラで出ています。

よろしければ二人が街ブラするシーンなんかも「きっと今もロハンがどこかの陰から見守っている」と想像で存在感を補ってあげて下さい。


最後になりましたが、初めての出来事ばかりでいっぱいいっぱいだったのですが、こうしてあとがきまで辿り着けたのは編集様と、Ｗｅｂ版から応援して下さった読者様達のおかげです！

そして死ぬほどかっこいいクラウディオ、可愛いソニアを描いて下さいました夏葉じゅん様！

本当にありがとうございました！　またどこかでお会い出来たら嬉しいです。

ふつつかな悪女ではございますが

～雛宮蝶鼠とりかえ伝～

著：中村颯希　　イラスト：ゆき哉

『雛宮』――それは次代の妃を育成するため、五つの名家から姫君を集めた宮。次期皇后と呼び声も高く、蝶々のように美しい虚弱な雛女、玲琳は、それを妬んだ雛女、慧月に精神と身体を入れ替えられてしまう！　突如、そばかすだらけの鼠姫と呼ばれる嫌われ者、慧月の姿になってしまった玲琳。誰も信じてくれず、今まで優しくしてくれていた人達からは蔑まれ、劣悪な環境におかれるのだが……。大逆転後宮とりかえ伝、開幕！

敵国に嫁いで孤立無援ですが、どうやら私は最強種の魔女らしいですよ?

著：十夜　　イラスト：セレン

兄王子がしでかした不始末の代償として、ザルデイン帝国に嫁ぐことになった王女カティア。頼れるものもなく、見知らぬ遠い大陸にひとり向かったカティアを待っていたのは、冷酷無比な皇帝エッカルトと彼に忠実な八人の公爵たちだった！　古の“魔女”を崇拝する帝国で、人間のカティアは虚弱だと侮られ、敵意を向けられながらも、どうにかやり過ごしていたのだが……。実は彼女は、大陸中の誰もが復活を待ち望んでいる魔女だとわかり!?

街角聖女はじめました

Machikado Seijo Hajimemashita

初出◆「街角聖女はじめました」小説投稿サイト「小説家になろう」で掲載

2025年4月5日　初版発行

〔著者〕たろんぱす

〔イラスト〕夏《なつ》葉《ば》じゅん

〔発行者〕野内雅宏

〔発行所〕株式会社一迅社

〒160-0022　東京都新宿区新宿3-1-13　京王新宿追分ビル5F
電話　03-5312-7432(編集)　電話　03-5312-6150(販売)
発売元：株式会社講談社(講談社・一迅社)

〔印刷・製本〕大日本印刷株式会社

〔DTP〕株式会社三協美術

〔装丁〕小沼早苗［Gibbon］

ISBN 978-4-7580-9706-2

Printed in Japan

〔おたよりの宛先〕〒160-0022　東京都新宿区新宿3-1-13　京王新宿追分ビル5F
株式会社一迅社　ノベル編集部
たろんぱす先生・夏葉じゅん先生

ICHIJINSHA